죽음의 꽃

죽음의 꽃

제1판 1쇄 2022년 5월 2일

지은이 이동건
펴낸이 이경재

펴낸곳 도서출판 델피노
등록 2016년 8월 11일 제2020-000082호
주소 서울시 양천구 신정중앙로 86, 덕산빌딩 5층
전화 070-8095-2425
팩스 0505-947-5494
이메일 delpinobooks@naver.com
ISBN 979-11-91459-23-4 (03810)

죽음의 꽃

이동건 장편소설

델피노

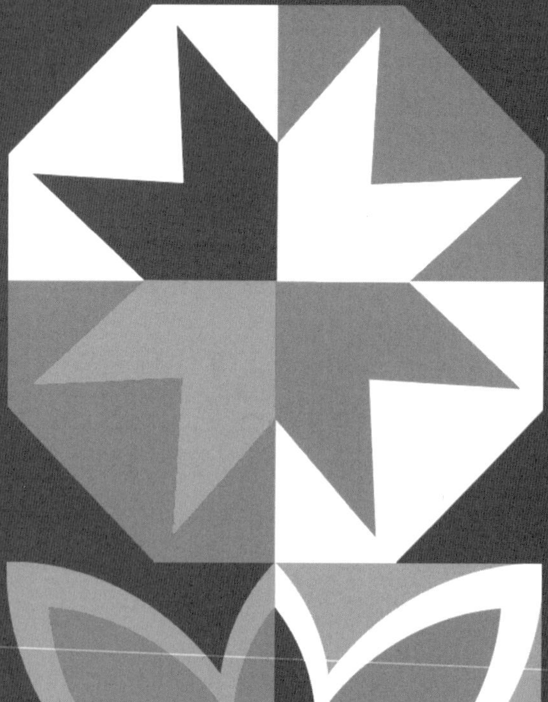

차 례

1장

그들의 사연

"내가 나쁘다고? 죄가 있다고? 그래… 나를 욕해라…. 근데 이 극악의 죄가 나중에 너를 살려 줄 유일한 빛이다!"

피식 웃으며 말을 끝내니 피비린내가 진하게 올라온다. 나는 눈을 감고 후각에 집중을 담아 피 냄새가 올라오는 곳을 찾는다. 냄새의 근원은 나의 손이다. 내 신경으로 움직이는 이 두 손 말이다. 놀랍지 않다. 그리도 많이 죽였으니 손에 피 냄새가 뺄 만도 하다.

눈을 뜨고 고개를 끄덕인다. 모든 것을 인정한다. 하나 나는 살인자가 아니다. 잠깐만, 근데 여기가 어디지? 주변을 둘러본다. 온통 하얀빛으로 감싸져 있는 곳이다. 포근한 빛, 누군가에게 빛 같은 희망 그 자체, 나는 인류의 구원자이다.

이곳은 대한민국 강원도 구암시다. 점심시간이 막 끝나고 식곤증이 슬슬 찾아올 시간, 한가로운 작은 파출소에 전화가 울린다. 구암 사랑복지센터에서 걸려온 전화다. 그곳은 구암시에서 운영하는 장애인 복지센터로 한 남성이 청각장애인 한 명, 시각장애인 한 명을 납치했다는 신고 전화였다.

　파출소에 있던 경찰 2명이 곧바로 구암 사랑복지센터로 출동한다. 신고자는 복지센터 원장이었다. 경찰은 우선 자세한 사건의 경위를 듣기 위해 원장과 함께 원장실로 들어간다. 그녀는 오늘 어떤 20대 남성이 이곳에 봉사활동을 하고 싶다며 찾아왔고 점심시간에 자신이 잠시 자리를 비운 사이 남성이 2명의 장애인을 데리고 사라졌다고 말한다. 다른 복지센터 직원들은 수면제가 섞인 음료를 마시고 잠이 들어 아무도 그를 막지 못했다는 말을 덧붙인다.

경찰은 구암 경찰서에 복지센터 납치 사건을 보고 후 오늘 촬영된 복지센터 CCTV를 돌려본다. 원장은 CCTV 화면을 돌려보는 경찰 뒤에서 서성이다 갑자기 비명을 지른다.

"범인이야! 저놈 잡아야 돼요!"

원장은 모니터에 나온 한 남성을 손가락으로 콕 집어 가리킨다. 경찰은 원장이 가리킨 남성을 확대해 그가 입은 옷을 수첩에 적는다. 남성의 얼굴을 확인하고 핸드폰으로 사진을 찍는다. 그때 납치범의 얼굴을 찍고 있던 경찰의 핸드폰에 전화가 걸려온다. 파출소에서 걸려온 전화다. 오늘 구암 사랑복지센터에서 장애인 2명을 납치한 남성이 자신의 현재 위치를 밝혔다며 그곳으로 즉시 출동해 보라는 것이었다. 납치범은 구암 3동 도다리 사거리에 있는 초록 은행 건물 1층, 남자 공중화장실에 납치한 장애인들과 있다고 한다.

경찰은 초록 은행 건물 앞에 경찰차를 세워 두고 내린다. 초록 은행 건물은 1층에 은행이 있고 위로는 학원과 치과가 있는 평범한 3층짜리 건물이다. 사람이라고는 방금 건물 앞으로 지나간 두 명의 초등학생 그리고 한 명의 기자가 건물 안으로 들어가는 계단에 앉아 있는 것이 끝이다. 기자는 노트북 가방을 자신의 무릎 위에 두고 있다. 누군가를 오랜 시간 기다린 듯 지루한 표정과 함께 핸드폰을 만지고 있다가 방금 도착한 경찰을 뚫어져라 보고 있다.

경찰들이 어깨에 달린 무전기로 도착 보고를 하고 있을 때 한 남성이 통유리로 만든 건물 입구 문을 열고 밖으로 나와 문 앞에 가만히 멈춰 선다. 남성은 건물 밖 상쾌한 공기를 코로 깊게 들이마시며 목이 뻐근한 듯 목을 좌우로 천천히 돌린다. 얼굴에는 핏방울이 잔뜩 매달려 턱선을 타고 흐르고 있다. 남성은 손끝에 피가 뚝뚝 떨어지는 일회용 라텍스 장갑을 벗어 바닥에 던진다.

"기자분? 지금부터 제가 하는 말 잘 들으세요."

남성은 아무것도 묻지 않은 깨끗한 손으로 자신의 얼굴에 묻은 피를 닦아 내며 말한다.

계단에 앉아 있던 기자는 남성의 말소리에 뒤를 돌아본다. 얼굴에 피가 잔뜩 번져 있는 남성의 모습에 눈이 튀어나올 듯 커진 채로 비명을 지르는 것도 잠시 곧바로 자신의 핸드폰을 꺼내 남성의 모습을 사진에 담는다.

경찰들도 눈이 튀어나올 듯 커지며 거친 욕설이 담긴 소리를 지른다. 무전기로 지원 요청을 보내고는 남성에게 거의 반쯤 날아올라 달려든다. 남성은 스스로 바닥에 무릎을 꿇고 뒷짐을 지며 기자를 향해 말한다.

"이 건물 1층 남자 공중화장실에 장애인 두 분 있어요. 그분들의 장애를 제가 완벽히 다 고쳤거든요. 기사 잘 만들어서 올려 주시고 나중에 한 번 더 부를 테니까 그때 다시 한 번 봅시다."

남성은 말을 끝내고 기자에게 윙크를 날리며 싱긋 웃는다. 그의 얼굴 전체에 번진 피가 모두 빨간색 물감이 아닐까 하는 착각이 들 정도로 남성은 너무나 평온해 보인다. 아니, 오히려 얼굴에 피가 묻었기에 기분이 좋아 보인다.

경찰들은 남성을 붙잡고 바닥에 완전히 눕혀 수갑을 채운다. 그는 아무런 반항도 하지 않고 순순히 경찰차로 들어간다. 경찰들이 얼굴에 피 칠갑한 남성을 경찰차에 넣고 뒤를 돌아보니 기자는 모습을 감춘 상태였다. 하지만 건물 입구 문이 팔랑거리며 움직이는 것을 보고 기자가 건물 안으로 들어간 것을 바로 알아챈 경찰들이 곧장 건물 안으로 뛰어 들어간다.

아까 그 남성의 손끝에서 흐른 피가 건물 입구 문을 시작으로 회색 대리석 바닥에 핏길을 만들어 기자를 인도한다. 기자는 바닥에 그려진 핏길을 따라간다. 걸음은 점점 건물의 깊숙한 구석으로 들어가고 곧 어떤 회색 철문이 막아선다. 그대로 고개를 들어 보니 '남자'라고 쓰여 있는 화장실 표지판이 보인다. 아까 그 남성이 말한 1층 남자 공중화장실이다. 기자는 우선 화장실 문에 귀를 대어 본다. 비명이나 고통을 흐느끼는 신음은 들리지 않는다. 오히려 아무도 없다는 생각이 들 정도로 너무나 조용하다. 기자는 떨리는 마음으로 문고리를 조심스럽게 돌려 본다. 문은 잠겨 있지 않다. 기자는 천천히 문을 밀며 화장실 안으로 들어간다.

화장실 안에 들어서자마자 보이는 것은 바닥 한가운데에 쓰러진

두 명의 남성이다. 코끝에는 퀴퀴한 습기와 함께 물에 섞인 연한 피비린내가 스쳐 간다. 화장실 이곳저곳에 메스, 클램프, 큐렛 등 수술실에서나 볼 법한 의학 도구들이 흩어져 있고 피를 잔뜩 머금은 붕대와 주사기, 약국에서 파는 빨간색 알코올 통도 나뒹굴고 있다. 쓰러져 있는 두 남성에게는 뚜렷한 외상은 보이지 않는다. 다만 한 사람은 눈에 핏방울이 맺혔고 다른 한 사람은 양쪽 귀에 약간의 피가 묻어 있다.

기자는 인상을 찡그리며 실패한 수술 현장과도 같은 화장실의 모습을 찍는다. 그리고 바닥에 쓰러진 두 남성 곁에 쪼그려 앉아 그들의 사진도 마구 찍어 댄다.

그들은 죽어 있지 않다. 가까이 다가가니 거친 숨을 내쉬는 게 들린다. 그렇지만 움직임은 없다. 그때 경찰들이 다급하게 화장실 안으로 들어온다. 경찰 한 명은 사진을 찍고 있는 기자의 팔을 잡아끌며 화장실 밖으로 내쫓는다. 그리고 다른 경찰은 쓰러진 남성들의 상태를 파악하며 구급차를 부른다. 이것이 모든 것의 시작이었다.

납치범은 구암 경찰서에 이송되었다. 그의 이름은 이영환이다. 나이는 28살, 서울에서 태어났고 초·중·고등학교를 모두 서울에서 나왔다. 대학교는 대한민국에서 가장 똑똑한 학생들이 간다고 알려진 A 대학교에 의대 본과 2학년까지 다니다 자퇴했다. 그리고 대학교를 자퇴한 후 4년 동안 아무런 사회 활동 기록이 없다. 간단한 아르바이트도 하지 않았다. 심지어 병원 진료, 은행 입출금 기록조차 없다. 전과는 당연히 없었다. 이상할 정도로 너무나 깔끔하다.

이영환은 형사가 자신의 앞에 앉자마자 자신이 어떤 방법으로 두 장애인을 납치해 은행 건물까지 데려갔는지를 상세하게 진술한다. 그리고 자신은 건물 화장실에서 그들이 가지고 있던 장애를 치료해 줬다고 말한다. 당연히 아무도 믿지 않았고 그는 유치장에 가게 된다.

"010-7A4H-*54L. 이 전화로 사람 좀 불러 줘요!"

이영환은 유치장에 갇히자마자 누군가의 전화번호를 시끄럽게 외쳐 댔다. 그의 어머니는 돌아가셨고 아버지는 연락이 되지 않는다. 게다가 친척도 없고 친구 관계도 파악하기 어려워 마땅한 보호자가 없었기에 경찰은 어쩔 수 없이 그 전화번호의 주인을 경찰서로 불렀다.

전화번호의 주인은 이영환의 가족도 친구도 변호사도 아닌 오늘 초록 은행 건물에 있었던 기자였다. 이영환과 특별한 친분이 있지도, 그렇다고 그와 일면식이 있는 것도 아니었다. 오늘 사건이 일어나기 전날 자신이 내일 초록 은행 건물에서 어떤 짓을 저지를 테니 그곳으로 와 달라는 메일 한 통을 받은 것이 끝이었다. 하지만 기자는 이영환의 부름에 1초의 고민도 없이 바로 경찰서로 달려왔다.

기자는 경찰서에 도착해 이영환과 10분도 안 되는 짧은 면회 시간을 받았다. 이영환은 지금부터 자신이 말하는 모든 것을 기사에 담아 올려 달라고 기자에게 부탁했다. 기자는 어려울 것 없다고 답했고 이영환은 피식 웃으며 말하기 시작한다.

"저는 현재 암과 모든 장애 질환 그리고 현대 기술로 치료하기 힘들거나 치료할 수 없는 병을 완벽하게 치료할 수 있는 의학 기술을 가지고 있습니다. 정확히는 심리 질환을 제외한 모든 병을 치료할 수 있는 거죠. 종교나 유사 과학을 말하는 것이 아닙니다. 과학적, 수학적으로 증명할 수 있는 완벽한 의학 기술입니다. 수술의 실패 확률도 없고 어떠한 부작용도 없습니다. 그리고 오늘 불법적인 방법이지만 장애를 고칠 수 있다는 것을 보여 줬습니다.

다시 한 번 말하겠습니다. 현재까지 의학계에 보고된 모든 질병, 질환을 완벽하게 치료할 수 있습니다. 말기 암, 장애, 난치, 불치병 전부 상관없습니다. 모두 30분에서 1시간 사이의 간단한 수술로 치료할 수 있죠. 저는 병과 장애로 고통받는 인류를 구원하고 싶기에 저의 모든 의학 기술을 세상에 공개하고 싶습니다. 단, 조건이 있습니다.

첫째, 제가 의학 기술을 개발하고 숙달하기 위해 현재까지 저지른 모든 범죄행위를 사면 혹은 법정에서 무죄로 판결해 줄 것.

둘째, 사면 혹은 무죄판결 이후 정부는 저의 신변을 보호해 주고 추가적인 의학 연구가 가능한 주거 공간을 제공해 줄 것.

셋째, 자신이 공개할 의학 기술 전부 모든 기업과 대학, 병원에서 자신의 허락하에 자유롭게 사용이 가능함. 다만 개인의 영리 목적으로는 사용이 불가함.

넷째, 자신을 비난하거나 자신의 의학 기술을 무시하는 나라나 기업, 대학, 기관에게는 절대로 자신의 의학 기술을 제공하지 않을 것.

만약 제가 저지른 모든 범죄행위를 사면 혹은 무죄로 판결하지 않고 재판에서 형을 선고 받는다면 어떠한 방법을 가리지 않고 자살하겠습니다."

이영환은 말을 끝내며 싱글벙글 웃는다.

방금 그가 한 말은 정신병자가 지껄이는 헛소리와 같다. 그 누구도 한마디 이상 들어 주지 않을 이상한 소리라는 말이다. 판타지 소설도 아니고 모든 병을 치료할 수 있는 사람이라니, 말이 되는가?

녹음기를 옆에 두고 노트북에 이영환의 말을 담아 쓰던 기자는 의심을 가득 담은 눈빛으로 이영환을 쏘아 본다. 하고 싶은 말이 많아 보였지만 면회 시간이 끝났기에 기자는 질문 하나 하지 못하고 자리에서 일어나 경찰서를 나올 수밖에 없었다.

기자는 이영환의 말을 전혀 믿지 않는다. 하지만 지금 그의 말을 어느 정도 증명할 방법은 있다. 바로 오늘 공중화장실에서 발견된 2명의 장애인을 찾아가 그들의 장애가 모두 치료되었는지를 확인하면 된다. 이영환에게 수술 당한 2명의 장애인은 현재 7대학 구암 병원에 있고 기자는 그 병원으로 발길을 옮긴다.

기자는 7대학 구암 병원에 도착해 병원 1층에 있는 응급진료센터로 들어간다. 응급실은 의료 다큐멘터리에서 본 것과 달리 나름 한적하다. 아직 밤이 아니라서 그런지 난동을 피우는 취객도 없다. 그때 구급차 사이렌 소리와 함께 응급실 문이 열린다. 역도를 하다 팔이 뒤로 돌아간 남성이 이동식 병상 위에 업혀 응급실로 들어온다. 데스크에서 앉아 있던 의사와 간호사들이 일어나 호송되어 온 남성에게 빠르게 달라붙는다. 남성의 오른팔은 반대로 돌아가 등 뒤에서 기역 자 모양을 만들고 있다. 기자는 그 꺾여 있는 팔을 보자 고개를 돌린다. 고통스럽게 꺾여 있는 팔을 보는 것만으로도 온몸에 소름이 돋고 자신의 팔도 아픈 것같이 느껴진다. 그때 실려 온 남성에게 붙지 않은 간호사 한 명이 기자에게 다가온다.

"저기, 무슨 일 때문에 오셨어요?"

"제가 TD 방송국 기자인데요. 오늘 3시 반쯤에 장애인 두 분 오시지 않았나요? 그… 3동 초록 은행 거기서 오신 분들이요."

기자는 간호사의 질문에 대답하며 주변을 빠르게 둘러본다. 고개를 돌리자마자 병상 위에서 웃통을 벗고 코 골며 자고 있는 중년의 남성이 보인다. 딱 봐도 아파서 응급실에 온 환자는 아니다. 취객이다. 아니, 지금 그게 중요한 게 아니다. 기자는 다시 주변을 살핀다. 비어 있는 병상을 제외하면 대부분의 병상은 커튼을 치고 있어 누가 누워 있는지 알 수 없다.

오늘 이영환에게 수술 당한 장애인 2명을 찾기 힘들 줄 알았지만, 생각보다 쉽게 찾을 수 있었다. 응급실 가장 왼쪽 구석 병상이다. 그곳에 흰색 가운을 걸친 8명의 의사가 2개의 병상 주위를 둘러싸고 뜨거운 언쟁을 벌이고 있다. 저렇게 의사 여러 명이 응급실에 모여 떠들 이유는 없다. 어떤 남자가 시각장애인의 눈을 보이게 만들었다면 모를까.

불신이 의심으로 바뀐다. 기자는 간호사에게 빨리 나가겠다는 말과 함께 의사들이 모인 왼쪽 구석 병상으로 걸음을 옮긴다. 간호사는 기자를 말리려고 하지만 그는 애처롭게 검지 하나를 치켜세우며 자신에게 1분만 시간을 달라는 뜻을 보낸다.

겨우겨우 간호사의 허락을 받아 모여 있는 의사 무리에 다가갈수록 의사들 사이에서 새어 나오는 울음소리가 들린다. 누군가 크게 다치거나 죽음을 맞이해서 나오는 서글픈 울음소리가 아니다. 기쁨의 울음소리이다. 너무나 기쁘고 믿을 수 없는 행복한 일이 일어나서 나오는 울음소리 말이다. 응급실에서 이러한 기쁨의 울음소리를 들을 일은 없다. 혹시 어떤 남자가 청각장애인의 귀를 들리게 만들었다면 모를까.

기자는 옹기종기 모여 있는 의사들을 조심스럽게 밀어내면서 그들이 감싸고 있는 병상 옆으로 다가간다. 한 의사가 병상에 앉아 있는 남성의 눈을 손으로 벌리고 의료용 라이트로 눈을 비추며 동공 반응 검사를 하고 있다. 의사는 믿을 수 없다는 표정을 짓는다. 그 의사 뒤에 있는 의사 두 명도 팔짱을 끼고 작은 토론을 벌이고 있다. 동공 반응 검사를 하던 의사는 라이트를 의사 가운 가슴 주머니에 걸고 병상에 앉아 있는 남성의 과거 진단서를 유심히 읽어 본다. 보호자 침상에는 어머니로 보이는 중년의 여성이 눈물을 흘리며 전화 통화를 하고 있다.

"아니 그러니까… K가 눈이 보인데!"

바로 옆 병상도 비슷한 상황이다. 귀가 들리지 않았던 사람이 귀가 들리는 상황 말이다. 기적 같은 일이 벌어지고 있다.

기자는 환자복을 입고 병상 위에 있는 두 남성의 얼굴을 안다. 오늘 공중화장실에서 발견된 장애인들이다. 아니, 이제는 장애가 없으니 평범한 일반인이다. 이영환이 정말로 시각·청각장애인들의 장애를 완벽하게 치료한 것이다. 눈이 보이지 않던 사람의 눈이 보이고 귀가 들리지 않던 사람의 귀가 들린다. 모두 이영환이 치료했다. 기자는 말도 안 되는 지금의 상황을 곧바로 기사로 써서 세상에 알린다.

[단독] [TD] 은행 공중화장실에서 장애를 치료한 20대 청년

저 기사가 신호탄이 되어 7대학 구암 병원 응급실에 엄청난 수의 취재진이 물밀듯이 몰려온다. 이제는 일반인이 되어 버린 두 남성을 카메라에 담고 그들의 과거 진단서를 찍어 올린다.

"전맹의 사람이 화장실에서 진행한 수술로 눈이 보이는 것은 불가능한 일입니다. 현대 의학으로 설명이 안 되는 부분이고 어떠한 속임

수가 있지 않을까…"

20년 경력의 안과 의사에 인터뷰 일부다. 방송이라 좋게 말한 거지 그냥 믿지 말라는 것이다.

이영환은 9시 메인 뉴스에 올라왔고 그가 유치장에서 말한 조건 사항이 뉴스를 통해 전국에 보여졌다. 하지만 사람들은 이영환을 믿지 않았다. 그가 화장실에서 장애를 고친 일은 모두 사기라고 생각했다. 당연히 이영환의 조건 사항도 한낱 웃음거리로 전락했다. 이미 이영환처럼 꿈같은 이야기로 세상을 속인 사람들은 너무나도 많았었다. 암을 손으로 꺼내는 남자부터 줄기세포를 이용해 불치병을 치료한다는 유명한 박사까지 있었지만 모두 자세히 파 보면 사기꾼이었다. 그런데 의대를 자퇴한 28살의 젊은 청년이 갑자기 모든 병을 치료할 수 있다고 나타나니 당연히 믿을 수 없었다.

의학과 거리가 먼 일반인들조차 이영환의 말은 콧방귀 뀌며 듣지 않고 넘길 이야기인데 일생의 대부분을 전문적인 의학 공부에 매진한 의사들은 어떻게 생각하겠는가?

9시 메인 뉴스가 끝나면 그날 가장 이슈가 되는 시사 주제를 두고 진행되는 토크쇼가 시작된다. 오늘의 토크쇼 주제는 당연히 이영환이다. 그리고 오늘의 토크쇼 게스트는 대한민국에서 가장 높은 권위를 가진 신경외과, 안과, 이비인후과 교수 3명이다. 그들은 토크쇼의 시작과 함께 이영환은 사기꾼을 넘어선 정신병자 취급을 한다. 자신들을 부를 게 아니라 정신과 의사 3명을 불러서 그의 병명을 알아내야 한다고 웃으며 진행자에게 말한다. 화장실에서 메스로 장애를 치료할 수 있다면 자신은 젓가락으로 암을 치료할 수 있다고 이영환을 조롱하며 무시한다. 1시간 동안 진행되는 토크쇼는 왜 암과 장애를 포함한 모든 병을 간단한 수술로 치료할 수 없는지, 모든 병을 치료할 수 있다는 이영환의 주장이 얼마나 허구적인 내용인지를 설명하고 끝이 난다. 결론은 이영환이 정신병에 걸린 사기꾼이라는 말이다.

토크쇼가 한참 진행 중인 시간에 이영환은 경찰에게 자신이 8명의 사람을 더 납치했다고 자백한다. 납치된 사람들은 구암시 허면리에 있는 폐공장단지, 파란 지붕 건물에 있다고 말한다. 경찰은 즉시 이영환이 말한 곳으로 출동한다.

허면리는 구암시에서 가장 구석에 위치해 있다. 1960년대 허면리에는 고무를 이용한 물건을 만드는 공장이 마구잡이로 들어섰고 1990년대 초반에 그 공장들이 전부 망해 버려 현재는 사람 사는 집 하나 없이 폐공장단지만 덩그러니 남아 곳이다.

출동한 20명의 경찰이 각자 손에 손전등을 들고 폐공장단지 앞에 도착하자 이끼가 잔뜩 낀 폐공장 벽면에 빨간색 스프레이로 그려진 화살표가 보인다. 이영환이 언젠가 찾아올 경찰들에게 길을 안내하기 위해 그려 놓은 화살표. 경찰들이 빨간색 화살표를 따라가니 또 다른 화살표가 길을 안내한다. 그렇게 더 깊숙이 폐공장단지에 들어

가자 이영환이 말했던 파란 지붕 건물이 나타난다. 파란 지붕 건물은 옛날 공장에서 일하던 인부들의 쉼터이자 지하 물자 창고가 있는 건물이다. 딱히 건물 문을 막는 잠금장치는 없고 경찰들은 어떠한 방해 없이 건물 안으로 들어간다.

건물의 지붕은 폭격이라도 맞은 것처럼 커다란 구멍이 송송 뚫려 있다. 벽면은 벽지가 거의 다 떨어져 금이 간 시멘트 벽이 훤히 보인다. 그리고 저 구석에 종이 상자가 한가득 쌓여 있고 지하로 내려가는 계단이 보이는 것이 끝이다.

"여기 아무도 없습니까?"

경찰들은 건물의 안과 밖을 살피며 이영환에게 납치된 사람들을 찾기 시작한다.

"여기 사람 있습니다!"

건물 지하로 내려가는 계단에서 누군가의 목소리가 올라온다. 마치 경찰이 올 것을 알고 기다렸다는 듯 여유가 느껴지는 목소리다. 도저히 납치된 사람이라고 생각되지 않을 정도로 여유가 잔뜩 묻어 있다.

경찰들은 사람의 목소리가 올라오는 계단을 밟으며 지하로 내려간다. 계단의 끝에는 커다란 지하실이 있다. 감옥에서나 볼 법한 철창이 지하실 정중앙을 선 그으며 우두커니 서 있다. 철창을 중심으로 왼쪽에는 2개의 수술대가 설치되어 있고 철창의 오른쪽, 즉 철창 안에는 이영환이 말했던 8명의 사람이 갇혀 있다. 철창 안 바닥에는 8개의 작은 매트릭스가 깔려 있고 TV와 간단한 보드게임, 커피포트, 전자레인지, 물, 컵라면과 즉석 밥이 이곳저곳에 보인다. 구석에는 천막으로 가려 둔 화장실도 있다. 이곳에서 며칠 정도는 큰 불편함 없이 지낼 수 있을 정도로 준비가 잘 되어 있다.

철창 안에 갇혀 있는 8명의 사람은 바닥에 깔린 매트리스에 앉아 있거나 자리에 서서 계단을 타고 내려온 경찰들을 가만히 보고 있다. 경찰들이 악몽 같은 범죄 속에서 구하러 왔음에도 단 한 명도 환호하거나 기뻐하지 않는다. 아무도 불안감이나 공포심을 느끼고 있지 않다. 모두가 자신들이 나갈 때가 되었다는 것을 아는 것이다. 그렇게 이영환에게 납치되었던 8명의 사람들은 경찰들에 의해서 구출되었다.

납치되었던 사람들은 남녀 각각 4명 총 8명이다. 사는 곳도 직업도 나이대도 모두 달랐지만, 그들은 한 가지 공통점을 가지고 있다. 모두 장애나 병을 가지고 있었다. 척수손상으로 인한 하반신마비, 황반변성으로 인한 실명, 왼쪽 상지 관절(어깨와 손목 사이 관절) 장애, CRPS(복합부위 통증 증후군), 췌장암, 간암, 림프종, 난소암을 앓고 있었다. 그리고 이영환은 그들의 생명을 갉아먹는 병과 평생을 짊어지고 살아야 하는 장애를 모두 말끔히 치료해 줬다.

"한 남자가 저를 이곳으로 데리고 와 수술을 했어요."

"그곳에 갇혀 있는 동안 저희가 원했던 대부분의 요구를 들어줬어요."

"오늘 경찰이 올 거니 걱정하지 말라고 했어요."

그들은 모두 일관된 증언을 했다. 그러고는 방송국 카메라를 통해 이영환은 신 같은 분이라며 자신들을 아픔과 질병에서 구원해 줬다고 눈물과 함께 감사를 전했다. 당연하게 8명의 사람들은 모두 병원에서 완치, 정상 판정을 받았다.

CRPS를 앓고 있었던 남성은 지금까지 자신이 계속 먹어 온 약을 쓰레기통에 힘껏 던진다. 하반신마비를 앓고 있었던 여성은 병상에 누워 자신의 발을 힘겹게 들어 올린다. 그녀는 당장 하체를 완벽하게 움직이거나 걷기에는 아직 근육이 부족하지만 계속된 훈련을 통해 걸을 수 있다고 전문가는 말한다. 이 기적 같은 장면 모두 방송을 타고 전 국민에게 보여지고 있다.

이영환에게 화장실에서 수술당한 남성 중 한 명은 지금 수십 대에 방송국 카메라를 등 뒤에 두고 시력 감사장 앞에 서 있다. 그는 태어났을 때부터 전맹 판정을 받았지만, 현재 이영환 덕분에 눈이 보인다. 그의 옆에는 종이와 펜이 있다. 시력검사표에 있는 그림과 숫자가 무엇인지 모르기 때문에 의사가 가리키는 것을 종이에 그릴 것이다.

의사는 비행기를 가리킨다. 그리고 그는 의사가 가리킨 비행기를 종이에 비슷하게 그린다. 남성은 시력검사를 진행하는 내내 눈물을 멈추지 못한다. 태어나서 처음으로 세상을 보았다. 색을 보았다. 말로 설명만 들었던 모든 것을 이제는 보고 이해할 수 있다. 평생을 돌봐준 부모님의 얼굴을 보고 자신의 얼굴을 처음 본 감정은 그 어떠한 문장으로도 설명할 수 없을 것이다.

좀 더 정밀한 시력 검사를 위해 전문 의료 기기를 사용해서 진행한다. 검사 결과는 양쪽 시력 전부 1.7이다. 그는 이영환의 수술을 통해 대부분의 일반인보다 좋은 시력을 가지게 된 것이다. 다른 이들도 마찬가지이다. 귀가 들리고 팔 관절이 정상적으로 움직인다. 걸을 수도 뛸 수도 있다. 암을 가지고 있던 사람들은 모두 말기 암 환자였지만, 지금 그들의 신체에는 암세포가 소멸에 가까운 수준으로 사라졌다. 이 모든 것이 카메라에 담기고 세상에 보여진다.

다음 날 6시 아침 뉴스부터 이영환과 그에게 수술당한 총 10명의 사람에 대한 뉴스가 끊임없이 나온다. 모든 곳에 이영환의 이야기로 도배되어 있다. TV를 틀면 이영환과 그가 치료한 10명의 사람에 관한 이야기뿐이다. 하지만 현재 이영환은 구속영장이 발부되어 검찰에 송치되었고 살인 및 사체 유기 혐의가 추가로 붙었다.

이야기는 다시 경찰이 폐공장단지, 파란 지붕 건물에서 8명의 사람을 구출했을 때로 돌아간다. 그때 건물 안에 무더기로 쌓여 있던 종이 상자에는 헌 옷 뭉텅이와 신분증 그리고 각 나라의 여권이 발견되었다. 그 물건들은 불법체류자나 노숙자, 실종자 그리고 신분이 확실하지 않은 사람들의 것이었다. 경찰은 즉시 추가 인력을 투입했고 파란 지붕 건물을 포함한 폐공장단지 전체를 수색하기 시작했다. 경찰이 수색을 시작한 지 20분 만에 얕은 땅속에서 관절이 기형적으로 꺾이고 신체와 장기가 새까맣게 변한 8구의 시신이 발견되었다. 이영환은 발견된 시신에 대해서 자신이 납치해 죽인 것이라고 당당하게 밝혔다.

"예, 제가 그랬어요. 근데 죽였다는 표현보다는 인류를 구원하기 위한 희생이죠."

당연히 이영환이 저지른 8건의 납치 살인 뉴스도 올라왔고 살인자 이영환을 사형시켜야 한다는 사람들이 생겨났다. 하지만 그와는 반대로 이영환을 믿고 당장 그의 죄를 면제하여 의학 기술을 받아 내야 한다는 사람들도 생겨났다. 이영환이 장애와 암 그리고 불치병을 치료한 것도, 사람을 죽인 것도 사실이다. 그렇게 서로 다른 이야기를 가진 사람들이 나타나기 시작한다.

[단독] [TD]이영환 "자신의 변호사가 되고 싶으면 면접…" 단 특별한 조건을 걸어

[TD 방송]

은행 건물 공중화장실에서 장애인 2명을 납치해 불법 수술을 진행하고 경찰에 자백한 이 씨(28)는 현재 살인 및 시체 유기 등의 여러 혐의로 검찰에 송치되어 있다.

구치소에 있는 이 씨는 기자를 통해 변호사를 선임할 생각이 있다고 말했다. 자신의 변호사로 선임되고 싶은 변호사들은 직접 구치소에 찾아와 면접을 볼 것을 요구했다. 그리고 선임할 변호사에 대한 제약이나 특별한 조건 사항은 없지만, 선임 비용은 지급하지 않을 것이라고 덧붙였다.

이 씨는 "자신이 법정에서 무죄판결을 받거나 사면을 받아 자유를 얻는다면 자신의 변호사와 그의 가족을 가장 먼저 무료로 치료해 주겠다."는 조건을 걸었다.

신입 기자 whffu@dlwpwkdi.wl.kr

박재준이다. 그는 서울에서 태어났다. 집안에 돈이 많았기에 남들보다 풍족하게 지냈다. 하고 싶었던 것은 모두 할 수 있었다. 그래서 스케이팅, 수영, 검도, 승마 등 신체적 제약 때문에 할 수 없는 것을 제외하고는 뭐든지 배웠지만, 그가 가장 재능을 보이고 흥미를 느낀 것은 공부였다. 그는 공부하는 것이 노는 것보다 즐거웠고 머리 또한 좋았기에 공부가 가장 쉬웠다. 초등학교를 입학하고 고등학교를 졸업할 때까지 전교 1등을 놓친 적이 없을 정도로 공부를 잘했다. 그렇게 어떠한 어려움 없이 A 대학교 법학과에 합격했다.

그는 대학에 입학하고 곧바로 군대에 입대했다. 3년에 가까운 시간을 군대에서 보내고 대학교에서 1년의 세월을 더 보낸 후 사법고시를 치렀다. 실수 없이 한 번에 고시 시험을 통과했고 사법연수원에 들어갔다.

그는 사법연수원에서도 가장 우수한 성적을 받았다. 충분히 판사가 될 수 있는 성적이었지만 변호사를 선택했다. 사업으로 인해 발이 넓었던 아버지의 인맥 덕분에 변호사가 된다면 대한민국에서 최고로 취급받는 리엔최 법률사무소에 바로 들어갈 수 있었기 때문이었다. 그는 검사나 판사의 권위보다는 돈을 좋아했고 그렇게 돈을 좇아 리엔최 법률사무소에 입사하게 된다.

그에게 변호사는 천직이었다. 이제 막 변호사 자격증을 얻은 초임 변호사였지만 마치 과거 세계 최고 변호사의 영혼이 그에게 들어온 듯 그의 변호 실력은 어마 무시했다. 주로 기업이 기업을 상대로 한 거대한 소송을 전문적으로 맡았는데 그가 일을 잡기만 하면 승소는 따 놓은 당상이었다. 재판에서 잘못의 유무와 상관없이 그를 선임한 기업이 반드시 승소한다는 소문까지 있을 정도였다.

시간은 흘러 그의 나이 28살이 되었다. 계속된 승소에 그의 이름값은 하늘을 뚫은 기세로 높아졌고 엄청난 돈을 벌기 시작했다. 그리고 그해 봄, 친구의 소개로 아리따운 여성을 만나게 되었다.

그녀는 그보다 나이가 2살 어렸다. 직업은 중학교 교사였고 첫 만남부터 서로 말이 잘 통했다. 그는 그녀와 이야기를 하면 할수록 처음 가 보는 미지의 세계를 탐험하는 느낌이 들었다. 신비롭고 매혹적이었다. 다행히 그녀도 그를 마음에 들어 했다. 서로의 취미나 성격은 달랐지만 그런 것들이 매력점이 되어 서로를 끌어당겼다. 그들은 2번의 사적인 만남 이후 연애를 시작했다. 그는 가끔 다혈질적인 모습을 보였으나 그녀는 이해심이 많은 착한 여성이었기에 사소한 다툼조차 생기지 않았다. 그렇게 그들은 연애를 시작한 지 1년이 되고 난 후 결혼을 약속했다.

그의 나이 32살이 되었다. 천사 같은 딸이 태어났다. 결혼한 지 3년 만에 애를 가진 것은 부부의 생리학적 문제는 아니었고 아이 없이 단둘이 몇 년간 행복하게 보내고 싶었던 부부의 생각이었다. 그 후에도 그의 인생은 한 번의 내리막 없이 화창한 꽃길만이 펼쳐졌다. 계속된 승소의 억대 보상금을 매달 받았고 승진도 막힘이 없었다. 그들 부부에게 경제적인 걱정은 전혀 없었기에 아내는 임신 이후에 교직에서 내려와 살림에 매진했다.

시간이 좀 더 흐르고 그의 나이 40살이 되었다. 인생에서는 항상 달콤한 사탕만 맛볼 수는 없다. 드디어 그에게도 커다란 비극이 찾아왔다. 돈이나 친구에 관한 문제는 아니었다. 회사나 아내에 대한 문제도 아니었다. 다름 아닌 바로 그가 세상에서 가장 아끼는 딸 때문이었다.

그의 딸은 초등학교에 입학하고 얼마 지나지 않아 심한 두통 때문에 하루 이틀을 앓았다. 부부는 단순 감기라고 생각했지만, 모두가 잠든 늦은 밤에 딸은 갑자기 간질과 함께 정신을 잃었다. 그리고 찾아간 병원에서 소아 뇌종양 판정을 받았다. 딸의 뇌종양은 악성 종양으로 이미 진행 상태가 심각했다.

"세상에 얼마나 많은 아이가 있는데 왜… 하필 내 딸이야…."

그의 딸은 서울의 가장 큰 대학 병원에서 2년 동안 계속된 치료를 받았다. 돈은 얼마든지 있으니 받을 수 있는 치료는 모두 받았다. 가장 최근에 개발된 치료법으로 수술도 받았고 가장 비싼 약도 먹었다. 하지만 종양은 지금까지 받았던 치료를 놀리듯 오히려 더욱 커졌고 척수에 전이까지 되었다. 날이 가면 갈수록 종양은 더욱 심각해졌고 결국 딸의 오른쪽 눈을 앗아 갔다. 이제는 치료보다 연명의 목적이 컸다.

박재준 변호사는 이제 막 회사에 출근하여 시원한 아침 공기와 함께 회사 테라스 난간에 몸을 기대고 있다. 머릿속에서 자신의 과거 일생이 일기장처럼 스르륵 넘어갔다.

어제 두 한국 기업이 서로 맞붙은 재판에서 자신이 맡은 기업의 승소로 재판을 끝냈다. 그 두 기업은 원래 하나의 거대한 기업이었다. 기업의 회장이 사망하고 장남과 차남이 그 기업을 두 개로 갈라 재판 싸움으로 간 것인데 은밀한 가정사가 겹치고 살인 사주에 기업 기밀 유출까지 복잡하게 얽혀, 재판 일이 얼마나 바빴던지 세상에서 가장 사랑하는 딸의 병문안을 2주 정도 못 갔을 정도였다.

이제 슬슬 혼자 있기 지루할 때쯤 회사 동료가 아직 불을 붙이지 않은 담배를 입에 물고 박재준 변호사의 옆으로 다가와 난간에 몸을 기댄다. 그 둘은 각자 자신들이 맡았던 재판 이야기를 시작으로 이런저런 일 이야기, 사람 사는 이야기를 나누며 지루한 사무실에 들어가기 전 아침을 즐긴다. 그리고 회사 동료는 박재준 변호사에게 이영환에 관한 뉴스를 보았느냐고 물어본다.

이영환 사건은 지금으로부터 불과 하루 전 이야기다. 2주 동안 아픈 딸의 병문안도 가지 못할 정도로 바쁘게 일했던 사람이 어제 나온 뉴스를 어떻게 알겠는가?

박재준 변호사는 회사 동료에게 이영환에 관한 이야기를 듣고는 급하게 마무리 인사를 보내고 자신의 사무실로 뛰어 들어가 이영환과 관련된 기사를 전부 찾아보기 시작한다.

[(J9 오늘 뉴스) 납치한 장애인을 완벽하게 치료한 전 A 의대생]
[모든 병을 치료하는 20대 청년, 진실은?]
[특보 / 이제 인류는 질병과 전쟁에서 승리?]
[모든 병을 치료할 수 있다고 주장하는 청년, 사실은…]

이영환에 관한 뉴스는 굳이 따로 찾아볼 필요도 없이 인터넷에 도배되어 있다. 이영환이 직접 치료한 10명 중 4명이 말기 암을 앓고 있었다. 아쉽게도 그들 중에 뇌종양 환자는 없었지만 괜찮다. 이영환의 말이 사실이라면 그는 모든 병을 치료할 수 있다. 그것도 간단한 수술로 부작용도 없이 말이다. 박재준 변호사는 몇 개의 기사를 읽고 벅찬 숨과 함께 눈을 감는다.

따듯한 심장이 뛰는 것이 느껴지며 환상 같은 희망이 풍선처럼 부풀어 오른다. 이영환은 딸의 뇌종양을 고칠 수 있다. 그럼 딸과 함께 행복하게 살 수 있다. 놀이공원도 가고 고급 레스토랑도 갈 수 있다. 여름에 바다도 가고 겨울에 스키도 탈 수 있다. 평범한 가정처럼 말이다.

박재준 변호사는 다시 눈을 뜨고 기사를 좀 더 찾아본다. 이영환이 저지른 살인 뉴스가 보이지만, 관심 없다. 솔직하게 말하면 자신의 가족이나 친구가 죽은 게 아니다. 그리고 마지막으로 이영환의 변호사 선임 기사가 보인다. 만약 자신이 이영환의 변호사로 선임되고 이영환을 무죄 혹은 사면받게 만든다면 자신의 딸이 가장 먼저 치료를 받을 수 있다. 그는 당장 회사에서 나와 차에 타고 우선 구암시로 간다.

계획 같은 것은 없다. 이미 많은 사람이 구암 구치소에 몰렸을 거다. 자신이 늦은 것을 알고 있지만 그곳에서 백날을 노숙한다고 할지라도 이영환을 만날 거라는 각오를 다진다. 다시 딸이 살 수 있는 희망을 놓칠 수는 없다.

그는 고속도로를 타고 2시간 정도 정신없이 달려서 구암시에 도착한다. 잠시 화장실도 들릴 시간 없이 바로 구암 구치소로 차를 이끈다. 하지만 이미 엄청난 사람이 구치소와 그 주변에 몰려 있다. 어느 정도 사람이 몰려 있을 거라 생각은 했지만, 생각보다 사람이 너무 많다.

전국에 아프거나 아픈 가족이 있는 변호사는 많았다. 그리고 부자나 대기업에 고용된 변호사들, 어떻게든 큰 건 하나 잡으려는 파렴치한 변호사 그리고 그냥 무작정 이영환을 만나려는 일반인부터 기자까지, 죽은 사람 빼고 이곳에 전부 모였다.

구치소 앞에 서 있거나 차 안에 앉아 있거나 주변 건물 안에 들어가 있는 사람들 모두 이영환을 만나러 왔다. 당연히 구치소 안은 물론 그 주변까지 차를 주차할 곳은 없다. 박재준 변호사는 어쩔 수 없이 구치소에서 멀리 떨어져 있는 곳에 차를 세우고 구치소까지 걸어가 이영환에게 면접을 보기 위해 무작정 기다리기 시작한다.

이영환을 만나기 위해서 기다린 시간은 벌써 1시간이 흘렀다. 모든 곳에 사람이 빽빽하게 모여 있어 어디 앉을 곳도 없다. 다리는 욱신거리고 방광은 터질 것 같다. 3시간을 더 기다리고 어쩔 수 없이 화장실을 갔다 오니 자신의 자리에 누군가 자리를 잡고 있다. 심지어 사람이 더 많이 모였다. 6시간을 더 기다리고 날이 저물었다. 이미 구치소의 면회가 가능한 시간은 지났으니 어쩔 수 없이 차로 간다.

회사 동료에게 전화가 걸려 왔지만 받지 않았다. '갑자기 바쁜 일이 생겼다.'라는 짧은 문자를 보낸 이후 모든 연락을 무시했다. 지금 회사 일이 중요한 게 아니다. 어차피 회사에서 대표를 제외하고 자신에게 뭐라고 할 사람은 없다.

박재준 변호사는 다음 날 점심쯤이 되어서야 이영환을 만날 수 있게 된다. 잠은 차 안에서 선잠을 잤다. 온몸이 찌뿌듯하고 잠은 잔 것 같지 않았지만, 최대한 정신을 차리며 구치소 안으로 들어간다.

작은 구멍이 송송 뚫려 있는 투명한 벽 안에 수갑을 찬 이영환이 앉아 있다. 이영환은 그냥 평범한 생긴 20대 청년이다. 눈빛은 말똥하다. 정신적으로 불안해 보이거나 어떠한 문제가 있어 보이지 않는다. 8명을 죽인 사람의 느낌이 전혀 아니다. 그렇다고 모든 병을 치료할 수 있는 대단한 사람처럼 보이지도 않는다.

박재준 변호사는 이영환에게 허리 숙여 인사를 하고 의자에 앉아 그와 마주 본다. 사법고시를 치렀을 때보다 더한 긴장감이 느껴진다. 그는 우선 지갑에서 명함을 꺼내 이영환에게 보여 주며 자신이 얼마나 유능하고 뛰어난 변호사인지 설명한다. 지금까지 그가 맡았던 사건 중 언론에서 크게 다룬 유명한 사건은 모두 말한다.

"그래서 누가 어디 아파요?"

이영환은 지루한 눈빛과 함께 투명한 벽면을 손톱으로 톡톡 두드리며 그의 말을 끊는다.

박재준 변호사는 이영환의 갑작스러운 질문에 대답하지 못하고 카메라 셔터처럼 눈만 깜빡거린다. 너무 긴장한 탓에 하려는 말이 목에 걸렸다. 이영환이 다시 벽면을 두드리자 그의 목에 걸렸던 말이 나온다.

"제… 제 딸이 아픕니다. 뇌종양인데 8살 때 발견했고 2년 정도 치료는 받을 거 다 받았습니다."

"신경교종?"

"아닙니다. 그… 교모세포종입니다."

그리고 뇌의 어떤 부위에서 뇌종양이 시작되었고 척수에 전이 진행 상태와 오른쪽 눈에 실명 그리고 어떤 치료를 지금까지 받아 왔는지를 모두 상세하게 말한다. 박재준 변호사는 말을 끊지 않고 핸드폰을 꺼내어 핸드폰 화면을 이영환에게 보여 준다. 딸의 머리 CT, MRI

사진과 의사의 진단, 소견서 등 현재 딸의 상태를 설명할 수 있는 모든 문서와 사진이 화면에 담겨 있다.

이영환은 핸드폰 화면에 보이는 진단서를 읽어 본다. 그리고 다음 사진으로 넘기라고 손짓한다. 박재준 변호사는 빠르게 핸드폰 화면을 넘겨 다음 사진을 보여 준다. 딸의 가장 최근 CT 사진과 조직 검사 결과 사진이다.

"따님 얼마 남지 않았는데요?"

이영환의 말에 박재준 변호사의 눈이 자동으로 감기며 막막한 탄식이 나온다.

몸이 파도에 맞은 모래성처럼 가라앉는 느낌이 들며 억장이 무너진다. 자신도 딸이 얼마 남지 않았다는 것을 알고 있다. 정말로 길어 봤자 올해를 넘기기 힘들다고 의사도 말했다.

"다 봤어요."

이영환은 박재준 변호사에게 핸드폰을 치우라는 손짓을 한다. 박재준 변호사는 핸드폰을 주머니에 넣고 자리에서 일어나 바닥에 무릎을 꿇는다.

"제발 제 딸 좀 살려 주십쇼. 하라는 것은 모든 다 하겠습니다."

그는 무릎에 손을 올리고 고개를 푹 숙인다.

계획된 행동이 아닌 본능적으로 나온 행동이다. 자신보다 나이가 한참 어린 범죄자 앞에서 무릎을 꿇었음에도 조금의 비참함이나 수

치심 같은 것은 느껴지지 않는다.

이영환은 자신에게 무릎을 꿇고 복종의 표현을 보인 박재준 변호사를 본다. 그리고 그의 행동이 식상하다는 웃음을 머금으며 손톱으로 플라스틱 벽면을 두드린다. 그 소리에 박재준 변호사의 고개가 번쩍 들어 올려진다.

"저는 모든 병을 다 고칠 수 있어요. 악성 뇌종양? 척수에 전이되고 눈이 안 보여요? 1시간이면 그 종양을 다 없애고 눈도 다시 보이게 할 수 있어요. 지금 저에게 질병의 종류는 문제가 되지 않아요. 문제는 지금 제가 여기서 시간을 버리고 있다는 게 문제죠."

'고칠 수 있다.' 박재준 변호사는 그 말 한마디를 얼마나 듣고 싶었을까? 그는 이를 꽉 깨물며 고개를 끄덕인다. 이영환의 말을 경청한다. 이영환이 유일한 희망이다. 딸을 죽음에서 구원해 주실 분이다. 믿는다. 모든 걸 겠다. 맹세한다.

이영환은 자리에서 일어나 자신의 아래에서 무릎을 꿇고 있는 박재준 변호사를 내려다본다. 신이 기도하는 신도를 보듯 말이다.

"마음에 드네요. 변호사님을 선임할게요. 내일부터 제 변호사 신분으로 찾아오세요."

박재준 변호사는 구치소에서 나와 이곳과 멀리 떨어져 있는 자신의 차 안으로 들어간다. 이영환의 변호사로 선임되었지만 딱히 환호하거나 기뻐하지 않는다. 지금 팔을 들어 올릴 한 방울의 힘도 남아 있지 않다. 면접에서 느꼈던 긴장감을 깊은 숨과 함께 몸 밖으로 모두 내뱉는다.

딸이 살 수 있다. 아직 확정은 아니지만, 자신의 변호 능력을 믿는다. 이영환은 8명을 죽였지만, 충분히 무죄로 만들 수 있다.

박재준 변호사가 구치소 다음으로 향한 곳은 자신의 회사 리엔최 법률사무소다. 그는 잔말 없이 사직서를 던진다. 2일 전에 끝난 재판 승소 보상금과 퇴직금을 모두 포기한다. 직장 동료들의 퇴사 이유를 묻는 말에도 아무런 대답 없이 떠난다. 이영환의 변호사로 선임된 시점에서 회사는 걸림돌에 불과하다.

박재준 변호사는 돈이 많다. 이미 억 단위가 넘어가는 딸의 치료비를 내면서 평생을 일 안 하고도 살 만큼 벌어 놨다. 서울에 집과 건물이 있고 차도 있다. 나중에 돈이 부족하면 다른 대형 법률사무소나 대기업의 변호사로 취직하는 데 큰 어려움이 없는 스펙이다. 오히려 나중에 그들이 그를 스카우트하러 올 것이다. 아니면 개인 법률사무소를 차려도 된다. 어찌 되었든 나중에 얼마든지 살아갈 방법이 많다는 이야기다.

이제 그는 딸이 있는 병원으로 차를 이끈다. 꿈처럼 붕 뜬 마음이 그의 몸을 가볍게 만든다. 병원에 도착하고 딸을 만나러 가기 전에 고급 빵집을 들러 양손에 방금 구운 따끈한 빵과 음료를 들고 병원 안으로 들어간다.

박재준 변호사는 소아암 병동으로 가던 도중 병원 1층 로비에 발이 잡혔다. 로비 벽면에 걸린 커다란 TV 화면에서 나오고 있는 뉴스 때문이다.

"오늘 추가로 발견된 피해자의 시신은 총 22구이며 현재까지 발견된 피해자는 30명이 넘습니다. 이에 경찰은…"

이영환이 총 30명을 살해했다는 소식이다. 새롭게 발견된 22명의 피해자는 10대 청소년부터 50대 여성까지 다양하다. 1명의 외국인도 있다.

"경찰은 이 씨가 피해자들을 이용해 인체 실험을 진행한 것으로 추정하며 이에 대한 추가 조사를 진행 중…"

박재준 변호사는 뉴스가 다음 소식으로 넘어가고 나서야 발을 떼고 움직일 수 있었다. 방금 그 소식 때문에 피어오르기 시작한 많은 생각이 그의 몸을 점점 무겁게 한다.

'30명을 인체 실험으로 죽이고 무죄?'

그는 고개를 흔들어 머릿속에서 피어나는 생각을 모두 날려 버린다. 우선 이영환에 관해서 아무런 생각도 하지 않기로 한다. 지금은 딸을 만나러 온 것이지, 일하러 온 것이 아니다. 박재준 변호사는 다시 가벼워진 몸으로 소아암 병동에 도착해 503호에 들어간다.

"아빠!"

낡은 돌고래 인형을 품에 안고 있던 딸이 발랄한 목소리와 함께 박재준 변호사에게 손을 뻗는다. 그는 양손 가득 들려 있는 빵과 음료를 잠시 옆에 두고 딸의 볼 뽀뽀를 받으며 2주 동안 하지 못했던 인사를 나눈다.

자신의 커다란 손으로 딸의 뺨을 감싼다. 모래사장같이 푸석한 딸의 피부가 느껴진다. 항암 치료 때문이다. 딸은 한참 밖에서 뛰어놀 나이에 머리를 모두 밀고 병원에서 죽음을 버티고 있다. 하지만 딸은 자신을 보며 환하게 웃는다. 뭐가 그리 즐거운지 개구쟁이 같은 웃음소리를 낸다.

박재준 변호사는 딸과 인사를 나누고 503호에서 투병 중인 모든 아이와 부모들에게 맛난 빵과 음료를 돌리며 서로 응원의 말을 주고받는다. 503호에서 그의 딸은 나이가 많은 편에 속한다. 이곳에 이제 막 1살이 넘은 아이만 두 명이나 있다. 그리고 병상 오른쪽 줄의 2번째 병상에는 3살 여자아이가 있었는데 지금 그 자리가 말끔히 비어 있다. 박재준 변호사는 굳이 다른 사람에게 물어보지 않아도 그 병상이 비어 있는 이유를 안다. 이곳에서는 자주 있는 일이다.

그는 503호의 모든 사람과 인사를 나눈 후 딸의 병상 보조 침상에 앉아 있는 아내의 옆에 붙어 앉는다. 그리고 아내와 같이 벽면에 달린 TV를 본다. 저녁 시간대에 이곳 병동은 어린이 만화 아니면 드라마를 볼 시간이지만 지금 TV에는 뉴스가 나온다. 아이들의 부모는 뉴스에 눈을 떼지 못한다. 뉴스에서 이영환이 나오고 있기 때문이다.

TV 화면에는 미국에서 가장 유명한 암 전문의와 장애 치료 전문의의 인터뷰가 나온다. "1시간에서 2시간 정도의 짧은 시간 안에 간단한 수술 도구로 암이나 중증 장애를 치료할 수 있을까?"라는 질문에 그 두 의사는 단호하게 "절대 불가능"이라고 답한다. 위스키 세 병을 마셔 술에 잔뜩 취한 사람도 그런 헛소리는 하지 않을 것이라고 말한다. 하지만 그들은 이영환에게 수술받고 암과 장애가 말끔하게 사라진 10명의 완치 결과를 보고 의학적 판단에 오류는 없다는 의견을 낸다. 두 의사는 마지막으로 이영환의 의학 기술이 사실이라면 인류는 당장 그의 의학 기술을 배워야 한다고 말하며 인터뷰는 끝이 난다. 누군가 TV 채널을 돌린다. 또 다른 뉴스가 나온다. 이번에는 이영환에게 납치되어 간암을 치료받은 40대 남성이 화면에 나온다. 그가 과거에 받은 4기 간암 진단서가 자료 화면으로 나오고 그 당시 찍었던 X-RAY와 CT, MRI 사진을 뒤이어 보여 준다. 사진만 대충 보아도 가망이 없어 보인다. 그리고 남성이 이영환에게 수술을 당하고 난 후 대학 병원에서 정밀 검사를 받는 모습이 나온다. 검사 결과는 간에 약간의 염증이 있는 것을 제외하면 암이나 다른 문제는 전혀 없다.

왼쪽 창가 병상에 있는 한 아이의 어머니가 눈물을 터트린다. 그녀의 아들은 6살이다. 그리고 간암 투병 중이다. 그 옆 병상에서 다른 아이의 어머니는 두 손을 모아 기도를 하고 있다.

현재 암의 완치율은 70% 정도 된다고 한다. 그래도 아직 소아암과 말기 암은 치료하기 어렵고, 치료했다고 해도 암은 재발 가능성이 매우 높은 질병이다. 하지만 이영환의 암 치료율은 100%다. 말기 암이 다른 부위에 전이가 되어도 독한 약품과 큰 수술 없이 완벽한 치료가 가능하다.

"엄마, 나 이제 안 아플 수 있어?"

간암과 싸우는 6살의 남자아이가 자신의 옆에서 훌쩍거리는 엄마에게 질문한다. 아이의 엄마는 고개를 끄덕이며 서글프게 흘러나오는 눈물을 숨긴다. 자식이 옆에서 죽어 가는데도 아무것도 하지 못하며 그저 바라볼 수밖에 없는 부모의 심정은 어떨까?

뉴스의 다음 소식은 이영환의 살인 소식이다. 갑자기 채널이 돌아가고 어린이 만화가 나온다. 이영환은 30명의 사람을 납치해 죽인 살인자이지만 이곳에서만큼은 그에게 욕을 뱉는 사람도, 그를 싫어하는 사람도 없다. 모두 이영환의 살인을 무시한다. 모두 이영환이 빨리 죄를 면제받고 사회로 나와 의학 기술을 공개하길 바라고 있다. 아니, 전 세계에 아픈 사람들은 모두 이영환의 의학 기술을 원하고 있다. 이영환의 구원이 필요하다. 하지만 지금 그는 30명의 사람을 죽이고 법의 심판을 기다리고 있다.

박재준 변호사와 아내는 잠시 병동 복도에 나와 자판기 앞 의자에 앉아 있다. 아내는 그가 이번 재판을 성공적으로 끝냈다는 소식에 손뼉을 치며 기뻐한다. 하지만 박재준 변호사가 심각한 표정으로 가만히 바닥만 내려다보고 있자 아내의 얼굴에 웃음기는 점점 사라진다.

"무슨 일 있어?"

박재준 변호사는 숨을 한 번 들이마시고 아내의 질문에 뜸 들인다. 그는 자신이 이영환의 변호사로 선임된 것을 말할지 고민하고 있다.

아내에게 괜한 희망을 주기 싫다. 지금 와서 이런 말 하기 조금 그렇지만 사형이 다시 집행되기 시작한 대한민국에서 30명을 살해한 남자를 무죄로 꺼내기는 힘들다. 그렇다고 살인 혐의가 붙은 이영환이 일반 사면을 받는 것은 불가능하고 대통령이 30명을 죽인 연쇄살인마를 특별사면해 줄 리는 절대 없다. 마음속으로 계속된 고민을 하며 우선 다른 말을 꺼내 본다.

"회사 때려치웠어."

아내는 놀란 표정보다는 박재준 변호사에게 큰일이 일어난 것을 확신하며 그의 허벅지에 살포시 손을 올린다.

"왜? 큰일이야?"

박재준 변호사는 자신의 허벅지에 올라온 아내의 손을 잡으며 그녀와 눈을 마주 본다. 머릿속에는 순간 많은 생각이 지나간다. 힘겨운 싸움 끝에 모두가 행복한 결말이나 막을 수 없는 딸의 절망적인 운명의 생각 말이다. 끝없는 고민 끝에 결국 아내에게 자신이 이영환의 변호사로 선임된 것을 말한다. 그리고 다른 사람에게는 절대로 말하지 말라는 부탁을 한다. 소문이 퍼져 나가서 좋을 것은 없다. 아내는 걱정을 내려놓고 아름다운 미소를 지으며 박재준 변호사를 안아 준다. 그리고 그를 응원한다.

아내의 품은 작지만 포근하다. 사랑하는 딸이 지금 이 품 사이에 껴 있는 것을 상상한다. 딸이 살 가능성이 있다. 확률은 낮지만 할 수 있다. 아버지로서 해야만 한다. 이영환을 무죄로 만들지 못할 거라고 생각한 자신을 자책한다. 반드시 이영환을 무죄로 만들어야 한다. 30 명을 살해한 남자를 변호한다는 어떠한 죄책감이나 불쾌한 감정은 느껴지지 않는다. 딸만 살릴 수 있다면 30명 정도는 죽일 수… 아니다.

하룻밤이 지나고 경찰은 피해자의 시신 7구를 추가로 발견했다. 현재까지 피해자는 총 37명이다. 그리고 이영환은 모두 자신이 죽였다고 인정했다. 심지어 피해자를 이용한 인체 실험 사실도 인정했다. 이영환은 정말로 37명의 사람을 인체 실험으로 죽인 것이었다.

다음 날 박재준 변호사는 이영환의 변호인 신분으로 당당히 구치소에 들어간다. 그는 변호사 접견실로 들어가 책상 앞에 이영환을 앉히고 자신도 그의 맞은편 의자에 앉는다. 그리고 들고 온 서류 가방에서 노트북을 꺼내 책상 위에 올려놓던 중 갑자기 이영환이 그에게 질문을 한다.

"변호사님, 저 사면은 받을 수 있을까요?"

"특별사면 말씀하시는 겁니까?"

박재준 변호사는 필요한 물건을 전부 책상 위에 꺼내고 비어 있는 서류 가방을 내려놓으며 대답한다. 이영환은 그의 말을 이해하지 못한 듯 고개를 갸우뚱거린다.

"일반 사면은 한 가지 범죄 종류에 포함된 모든 사람을 사면시켜 주는 것이고, 특별사면은 대통령께서 특정 인물을 콕 정해서 죄를 사면시켜 주는 것입니다. 줄여서 특사라고 부르죠."

"특별사면, 그거 좋죠."

이영환은 유쾌하게 손가락을 튕긴다.

"근데 방금 제가 말했듯이 특사라는 게 저희 권한이 아니에요. 오로지 대통령께서 정하는 것이다 보니 변호사나 검사, 판사가 뭘 할 수 있는 권한이 없습니다. 사면 이야기는 지금은 제외하고 저희의 초점은 무죄로 잡죠."

이영환은 조금 실망한 듯 입꼬리를 내리며 고개를 끄덕인다. 박재준 변호사는 노트북 자판에 손을 올린다.

"먼저 이영환 씨, 저에게는 솔직하게 말씀해 주셔야 합니다. 이번 사건의 피해자가 37명이 끝입니까? 추가로 발견될 피해자나 또 다른 범죄를 저지른 것이 있을까요?"

이영환은 그의 질문에 잠시 생각에 빠진다. 그리고 숫자를 세듯 손가락을 접었다가 다시 피고 또 접는다.

"어… 지금 발견된 사람들보다 5배?… 아닌가? 6배 정도 더 나올 걸요? 제대로 세어 보지 않아서 잘 모르겠네요."

이영환은 말끝에 해맑은 웃음을 붙인다.

"피해자 말씀하시는 건가요?"

박재준 변호사는 믿기지 않는다는 표정과 함께 그의 말을 되물어 본다.

"예, 180? 그 정도 될까요? 사람을 살리는 의학 기술을 발견하려면 당연히 사람을 실험하고 죽여야 해요. 얻는 게 있으면 주는 게 있어야죠. 모든 병을 치료할 수 있는데 180명 정도는 적게 사용된 거예요."

이영환은 마치 전장에서 노장이 자신의 영웅담을 들려주듯 자랑스럽고 당당하게 말한다. 말끝에 윙크까지 붙였다.

몇 년 전부터 대한민국이 사형을 다시 집행하기 시작하면서 강력 범죄에 대한 처벌도 대폭 강화되었다. 그런데 37명을 그냥 죽인 것도 아닌 인체 실험으로 죽인 남자가 무죄를 받을 수 있을까? 거기에 분명 나머지 피해자들은 언젠가 발견될 것이다. 그때는 무죄는커녕 사형도 피하지 못한다.

박재준 변호사는 무거운 한숨을 내쉬며 자신의 코끝을 한 번 쓱 긁는다. 그리고 빠르게 머리를 굴린다. 생각보다 피해자의 수가 너무 많다. 한 사람이 죽인 사람의 숫자가 150명이 넘어가는 것은 역사책에서만 봤다.

"이영환 씨의 말에 의하면… 180명 정도를 인체 실험으로 죽였다는 이야기인데…"

한숨을 한 번 더 길게 내쉬며 시간을 조금 더 벌어 본다. 하지만 무슨 말을 해야 할지 모르겠다. 이영환은 무슨 짓을 해도 사형을 피할 수 없다.

"이영환 씨는 무죄를 받고 싶어 하시는 거잖아요? 근데… 지금 이영환 씨가 모든 범행을 인정하셨고 추가로 발견될 피해자까지 모두 합치면 이번 사건의 피해자가 180명 정도인데… 무죄를 받기는… 예… 어려워 보입니다. 그래도 제가 노력은 해 보겠으나 피해자가 생각했던 것보다 너무 많네요….

박재준 변호사는 말끝을 흐린다. 이영환에게 무죄를 만들 수 없다고 당당하게 말해 버리면 그가 다른 변호사를 선임할 수도 있다. 이영환의 변호사로 일할 기회는 두 번 다시 얻을 수 없다. 이영환은 팔을 책상에 받치고 몸을 박재준 변호사 쪽으로 기울인다.

"아니요, 아니요. 지금부터 제가 어떤 내용으로 법정에서 무죄를 받아야 하는지 설명해 드릴게요."

이영환은 책상에서 팔을 떼고 기울였던 몸을 일으켜 의자 등받이에 딱 붙인다.

"분명 제가 죽인 모든 사람은 발견될 거예요. 당연히 저는 제가 다 죽였다고 인정할 겁니다. 그리고 변호사님은 법정에서 제가 인체 실험으로 사람을 죽인 것을 모두 인정하면서 그 실험과 살인이 정당했다고 무죄를 받으시면 돼요. 의학 기술을 개발하기 위해서는 사람이 죽는 인체 실험이 절대적으로 필요해요. 그러니까 70억 인류를 구원하기 위해 인체 실험으로 사람을 죽이는 게 정당했다. 이런 느낌으로요. 이해가 되나요?"

박재준 변호사는 이마를 한 번 쓸어 넘긴다. 그의 말이 이해될 리가 없다.

지금 이영환은 말도 안 되는 소리를 지껄이고 있다. 어떠한 합당한 이유를 가져다 붙여도 사람을 납치해 죽이는 것은 죄다. 그리고 피해자가 1명도 아니라 180명이고 심지어 인체 실험까지 진행했다. 다른 이유로 무죄를 받을지는 몰라도 사람을 죽이는 인체 실험이 정당했다는 이유로 무죄는 절대 받을 수 없다. 방금 이영환이 뱉은 말은 모순과 억지가 가득 섞인 쓰레기다.

박재준 변호사가 무언가 말하려고 입을 벌리자 이영환은 검지를 치켜세우며 그에게 지금 말을 멈추라는 신호를 준다.

"거부하지 마세요. 그냥 하라고요. 무조건 제가 인체 실험으로 사람을 죽인 것을 인정하고 법정에서 정당했다고 무죄를 받아 내야 해요. 알았죠?"

이영환은 말을 끝내며 검지를 내린다. 박재준 변호사는 요동치는 마음을 간신히 붙잡고 침착하게 말을 꺼낸다.

"이영환 씨가 굳이 저지른 범죄를 인정하면서 무죄를 받아야 하는 이유가 있을까요? 결과적으로 무죄만 받으면 되는 것 아닙니까?"

"저는 이미 많은 사람을 인체 실험으로 죽였어요. 그리고 만약 제가 인체 실험 사실을 말하지 않고 저의 의학 기술을 세상에 모두 공개했다고 가정해 봅시다. 그러면 인류는 질병과 장애 없이 행복하게 살겠죠. 그러다가 어느 순간에 사람들에게는 '어떻게 완벽한 의학 기술을 발견했을까?'라는 의문이 생겨날 거예요. 그렇게 저의 뒤를 파고 파고 파다 보면 제가 사람을 죽인 게 밝혀지겠죠. 그것이 문제가 되어서 재판받고 그냥 죽어 버리면 저는 인류를 구원했지만, 아무것도 인정받지 못하고 최악의 범죄자 취급을 받으며 잊히겠죠. 미래의 인류는 고마운지도 모르고 제 기술을 계속 써먹을 것이고요. 하지만 지금 제가 저지른 모든 범죄를 법정에서 죄가 없다고 인정을 미리 받으면 나중에 제가 의학 기술을 공개한 후 그 누구도 꼬투리를 잡을 수 없죠. 그렇게 저는 인류를 구원한 사람으로 인정받고 인류는 행복하게 살고, 좋죠? 그래서 저는 지금까지 제가 저지른 모든 범죄를 인정한 겁니다. 이제 변호사님은 알아서 법정에서 잘해 주시면 됩니다. 만약 법정에서 형량이 나오면 저는 죽을 거예요. 끝!"

말을 끝낸 이영환은 명함 뭉텅이를 꺼내 책상 위에 던진다. 명함 뭉텅이가 책상 위에 미끄러지며 부채처럼 펼쳐진다. SS 그룹, 파괴 건설, 골골 의료, H9 그룹 등 대한민국 대기업 이사들의 명함이다.

"이 사람들 모두 저에게 찾아와서 최고로 가는 변호사 한 트럭을 붙여 준다고 말했어요. 우리 박 변호사님께서 제가 말한 대로 재판을 진행하기 어렵거나 무죄를 받아 낼 수 없다고 생각하시면 지금 자리에서 일어나 나가시면 돼요."

박재준 변호사는 책상에 펼쳐진 명함 하나를 들어 읽어 본다. SS그룹 기획 본부 이사의 명함이다. 지금 이영환은 자신이 언제든지 변호사를 갈아치울 수 있다고 협박하는 것이다. 물론 박재준 변호사는 그 사실을 너무나도 잘 알고 있다.

"변호사님, 딸 고치는 데 1시간도 안 걸려요."

이영환은 두 손으로 자신의 얼굴을 완전히 감싸며 말한다. 그리고 이영환의 말이 창으로 변해 박재준 변호사의 심장에 박힌다.

올해 초에 딸이 살 수 있다는 희망을 놓아줬다. 그저 딸이 남은 삶을 행복하게 보낼 수 있도록 최대한 노력할 뿐이었다. 하지만 다시 딸이 살 수 있다는 희망이 찾아온 것이다. 이 기회는 죽어도 포기할 수 없다.

박재준 변호사는 책상 위에 펼쳐져 있는 모든 명함을 집어 들고 자신의 서류 가방 안으로 던져 넣는다. 할 수 없다고 생각했기에 할 수 없다고 느낀 것이다.

'할 수 있다.'

그는 속으로 계속 되뇐다. 그리고 손으로 얼굴을 감싸고 있는 이영환이 눈에 보인다. 이영환이 손가락 사이로 자신을 날카롭게 보고 있다.

"시간만 주시면 법정에서 인정 받아 내겠습니다."

박재준 변호사는 단호하게 목소리를 굳힌다.

"예, 그래야죠."

이영환은 피식 웃는다.

이영환에 관한 설문조사 실시… 시민 3만 명 참여

[아마도 뉴스 이청 기자] 지난 N일에 경찰에 체포된 이영환 사건의 범인 이영환은 자신이 모든 병을 치료할 수 있다고 주장하고 있다.

그에 대해서 N'K 시민 설문조사 단체는 '이영환이 모든 병을 치료할 수 있다고 믿는가?'라는 설문조사를 만 17세 이상의 총 3만 1,200명 정도의 시민을 대상으로 진행했다.

이영환이 모든 병을 치료할 수 있다고 믿는다: 47%

이영환이 모든 병을 치료할 수 있다고 믿지 않는다: 36%

잘 모르겠다: 15%

　　장동훈이다. 나는 그다지 어렵지 않은 수학 문제를 풀다 고개를 들
어 칠판 위에 있는 시계를 본다. 오후 6시 50분이다. 수학 학원은 7시
에 끝난다. 학원이 끝나기 10분 전, 기분이 좋아진다.

　　수업이 끝나자마자 나는 대충 가방을 어깨에 걸쳐 메고 계단을 미
끄러지듯 내려간다. 왜 이리 날아갈 것처럼 기분이 좋지? 아! 형이 학
원 앞 슈퍼에서 기다리고 있다. 형은 항상 내가 학원이 끝날 때 학원
앞 슈퍼에서 나를 기다린다. 계절은 한여름? 아니 이제 막 가을로 넘
어가는 끝여름이다.

　　나는 학원에서 나와 슈퍼 앞에서 형을 만난다. 형과 나는 서로 몸
을 부딪치는 장난과 함께 집으로 향한다. 나는 형에게 몸을 날려 보지
만 되레 튕겨 나온다. 역시 형에게는 힘으로 못 이긴다.

　　오늘은 금요일이다. 집에 가면 엄마에게 치킨을 시켜 달라고 할 거

다. 나는 어떤 치킨을 먹을지 고민하며 형과 함께 엘리베이터에 탄다. 집은 7층이다.

형과 나는 집에 도착해 집 안으로 들어간다. 그리고 부모님은 모두 죽어 있다. 아빠는 차갑게 쓰러져 있다. 목에서는 피가 쏟아져 나온다. 엄마는 옷을 입고 있지 않다. 속옷 하나 없다. 배에 칼이 박혀 있다. 엄마의 배에서 피가 분수처럼 뿜어져 나온다.

나는 엄마와 눈이 마주친다. 엄마는 나를 보며 붕어처럼 입을 뻐끔거린다. 그리고 뻐끔거리는 입이 서서히 멈추고 고개가 바닥으로 힘없이 꺾인다. 내가 그 광경을 보았을 때가 12살이었다.

나는 태어나서 경찰서를 처음 가 보았고 검사라는 사람을 처음 만나 보았다. 취조라는 것을 처음 받아 보았고 재판장을 처음 가 보았다. 모든 게 교과서나 드라마에서만 보던 것이었다.

부모님을 죽인 범인은 경찰에게 금방 잡혔다. 범인은 도박으로 전 재산을 다 날린 30대 남성이었다. 살해 동기는 "도박으로 돈을 전부 잃어 인생이 허탈해서"라고 했다. 나는 그 개새끼가 한심하고 역겨웠다. 죽여 버리고 싶었다. 사지를 갈기갈기 찢어 씹어 먹고 싶었다. 몸을 불태우고 절벽에 던지고 싶었다. 죽을 때까지 때리고 지져 밟고 싶었다.

나는 부모님의 장례식에서 계속 울었다. 웃고 있는 부모님의 사진 앞에서 세상을 잃은 듯 펑펑 울었다. 모두가 나의 슬픔을 알아주기를 바라며 절망 섞인 통곡을 했다. 하지만 장례식장에 찾아온 사람들은 우리 형제에게 관심을 주지 않았다. "저 어린놈들이 뭔 죄를 지었다고…", "불쌍하네…" 이런 한심한 말뿐이었다.

"왜! 아무도 도와주려고 노력하지 않는 거야! 왜! 우리 형제를 도와주지 않는 거냐고!! 어른이라면 우리 부모님 죽인 그 새끼 좀 죽여 줘! 아니면… 한 대라도 때려 줘… 부탁이야. 복수해 줘…"

나는 장례식장에서 울부짖었다. 우리 형제는 아직 너무 어리고 힘이 없었다. 근데 힘이 있는 어른들은 우리를 도와줄 생각을 하지 않는다. 그 개새끼를 혼내 줄 시도조차 안 한다고…

첫 번째 재판이 시작되었다. 내 몸이 녹아 버린 아이스크림처럼 축 늘어진다. 아무 생각이 없다. 눈앞에 그 개새끼가 보인다. 하지만 나는 아무것도 할 수 없다. 그 새끼의 근처에도 갈 수 없다. 죽이고 싶다. 정말로 죽이고 싶다. 그런데 놀랍게도 그 개새끼를 우리만큼 죽이고 싶어 하는 사람이 있었다. 그분은 백 검사님이었다.

나는 법정에 울려 퍼지는 그의 목소리에서 분노를 느꼈다. 있는 증거, 없는 증거 전부 끌어모아 판사에게 제출하고 쩌렁쩌렁한 목소리로 뮤지컬의 주인공처럼 재판장을 휘어잡았다. 그는 판사에게 몇 번 경고를 받았지만, 전혀 개의치 않았다. 마치 그의 부모가 저 새끼에게 죽은 것마냥 화가 잔뜩 나 있었다. 이유는 모르지만, 그는 저 개새끼를 죽이려고 안달이 나 있다.

나는 그 모습에 눈물이 났다. 너무나 고마웠다. 아무것도 할 수 없는 이 병신 같은 우리 형제를 도와주는 용사 같은 분이었다. 진심을 다해 복수해 주는 정의의 용사 말이다. 결과적으로 그 개새끼는 재판에서 사형을 선고받았지만 아쉽게도 우리나라는 사형을 집행 안 한 지 오래되었다고 했다. 그 새끼는 이제 평생 감옥에서 국민들이 낸 세금으로 잘 먹고 잘살 거다. 그래도 다행인 것은 평생 사회로 한 발자국도 나오지 못한다. 아니, 안 나오는 게 좋을 거야. 나오는 순간 내가 죽여 버릴 거니까.

형과 나는 재판이 끝나고 다음 날 무작정 백 검사님을 찾아갔다. 그의 양손에는 서류가 가득 있고 굉장히 바빠 보였지만 흔쾌히 우리 형제에게 시간을 내줬다. 백 검사님은 드라마나 영화에서 흔히 볼 법한 범죄자를 혐오하는 사람이었다.

"꼬맹아, 시발, 도둑질이나 싸움 정도는 내가 어느 정도 이해할 수 있다. 사람이 살면서 그럴 수도 있지. 근데 사람을 죽이고 강간하는 시발 좆같은 새끼들은 사회에 도움이 안 돼. 쓸모가 없는 찌꺼기 같은 새끼들이라고! 나는 그런 개새끼들을 잡아서 합법적으로 감옥에 처넣어 평생 썩어 죽게 만들고 싶다. 시발! 다 사형시켜 죽여야 하는데… 뭐… 그래서 나는 검사했다. 좆같은 새끼들 내 손으로 직접 잡아

족치려고. 잡는 건 경찰인가?"

백 검사님은 재미없는 농담으로 말을 끝냈다.

이유는 모르겠지만 나는 그때 백 검사님에게 반했다. 내 가족을 죽인 새끼가 눈앞에 있었지만, 아무것도 할 수 없었던 절망감에 빠져 있을 때 백 검사님은 빛의 용사처럼 나타나 나를 절망감에서 꺼내 주시고 그 개새끼를 처단해 줬다. 그렇지만 분명 나와 같은 처지에 다른 사람들은 이러한 도움을 받지 못했을 거다. 범죄를 저지른 새끼는 감옥에서 잘살고 가족을 잃은 사람은 매일같이 절망감 속에서 살아가고 있을 거다. 나는 그분들을 도와주고 싶었다. 그 개새끼들을 합법적으로 복수해 줄 용사 같은 남자가 되고 싶었다. 도움을 받았으면 도움을 줘야 한다. 하늘에 계신 아버지가 매일같이 입에 달고 다닌 말이었다. 그렇게 내 꿈은 검사로 정해졌다.

부모님이 모두 돌아가신 이후 형과 나는 할머니 집에서 커 갔다. 그리고 백 검사님을 아버지처럼 따랐다. 백 검사님은 처음에 우리 형제를 귀찮아하시다가 나중에는 우리를 받아 줬다. 입양했다는 이야기는 아니고 그냥 잘 챙겨 줬다.

나와 형은 죽으라고 공부만 하기 시작했다. 친구도 만들지 않았다. 교과서와 법전이 유일한 친구였다. 나는 검정고시를 치른 후에 대학교를 진학하지 않고 바로 사법고시를 준비하려고 했지만 백 검사님은 무조건 서울에 있는 유명 대학에 입학한 후 사법고시를 치르라고

했다. 인생은 학연, 지연, 혈연, 흡연이라고 나에게 세뇌시키듯 말했다.

나는 가끔 공부가 정말로 하기 싫고 힘들 때면 부모님의 사진 옆에 있는 앨범을 꺼내어 봤다.

[여자 친구 강간 후 촬영. 영상 유포 20대 1심에서 징역 2년, 2심에서 무죄]

[지나가는 행인을 죽인 남성 집행유예, 그냥 심심해서]

[가정집 침입해 일가족 무참히 살해… 심신미약 인정]

.

.

.

나는 이러한 좆같은 신문 기사들을 오려 앨범에 붙여 뒀다. 단 한 번도 이런 병신 같은 판결을 한 내린 판사를 욕하지 않았다. 그렇다고 검사도 욕하지 않았다. 그들은 자신의 가족이 범죄에 희생되지 않아봐서 유가족의 심정을 이해하지 못하는 것이다. 그럴 수 있다. 그것은 죄가 아니다. 하지만 나는 다르다. 그 지옥 같은 상황을 겪어 보았다.

동병상련(同病相憐), 비슷한 처지에 있는 사람들끼리 공감한다는 사자성어다. 나는 자신의 가족을 죽인 새끼가 눈앞에 있지만, 아무것도 하지 못하고 피눈물 흘리는 그분들의 마음을 백만 번 공감한다. 그분들은 그 개새끼들이 죽기만을 바랄 거다. 그래서 내가 검사가 되어서 그분들을 도와줘야 한다. 개새끼들을 합법적으로 죽여야 한다. 나는 용사가 되어야 한다… 분노는 열정으로 바뀐다… 고등학교는 검정고시를 치르고 졸업한다… A 대학교 법학과에 입학한다.

이곳은 나의 아버지와 어머니를 죽인 그 개새끼의 사형 집행장이다. 나는 나의 꿈대로 검사가 되었다. 내 옆에는 판사가 된 형이 서 있다. 백 검사님은 어느새 국회의원이 되셨다.

백 의원님은 국회에 들어가자마자 매일같이 대한민국은 사형 집행을 다시 해야 한다고 주장했다. 그리고 작년에 '대한민국은 사형을 다시 집행해야 하는가?'에 대한 전 국민 투표가 이뤄졌고 국민의 과반수가 사형 재집행에 찬성하여 올해부터 사형이 다시 집행되기 시작했다.

투명한 유리창 안 수술대같이 생긴 사형 집행대에 개새끼의 사지가 묶여 있다. 그리고 5분 뒤면 내가 매일같이 죽기를 바랐던 저 새끼가 죽을 것이다. 아쉽게도 고통이 없는 화학적 사형이다. 내가 직접 죽였어야 했지만, 나는 만족한다.

사형 집행을 진행하는 의사가 약물을 들고 묶여 있는 개새끼 옆으로 걸어간다. 그 새끼는 점점 다가오는 의사에게 눈을 부라린다. 주먹을 꽉 쥐고 미친 듯이 몸부림을 친다. 하지만 꽉 묶여 있는 사지는 꿈쩍도 하지 않는다. 나는 이 순간만을 기다렸다. 그 개새끼 팔에 연결된 3개의 호스 중 첫 번째 호스에 약물이 주입된다. 그리고 천천히⋯ 두 번째 약물⋯ 어둡다⋯.

거실 바닥에 깔린 조그마한 매트릭스에서 장동훈 검사는 잠에서 깨어난다. 그는 눈을 뜨자마자 머리맡에 있는 자신의 핸드폰을 집어든다. 시간은 오전 5시 59분이다. 6시가 되면 알람이 울릴 것이다. 그는 다시 핸드폰을 머리맡에 내려놓는다. 아직 알람이 울리지 않았기에 몸을 일으키지 않고 다시 눈을 감는다.

피곤하지는 않다. 푹 잤다. 오랜만에 자신의 과거를 꿈으로 꾸었다. 누군가 자신의 일생을 한 편의 영화로 만들어 틀어 준 것 같은 꿈이었다. 알람이 울리기 전 1분이라는 시간 동안 오늘 꾼 꿈을 곱씹어본다.

6시가 되고 핸드폰의 알람이 울린다. 장동훈 검사는 알람을 끄고 자리에서 일어나 시원한 냉수를 마시며 하루를 시작한다. 그의 나이는 어느새 36살을 지나고 있지만, 결혼은커녕 이렇다 할 이성 친구도 없다. 그는 사랑 따위에 관심이 없다.

그는 서울 고등검찰청에서 12년 정도 근무하다 5년 전에 자신의 고향, 구암 지방검찰청으로 발령이 났다. 정계에 수월하게 진출하기 위해서는 고향을 공략해야 한다는 백 의원에 말 한마디 때문이었다.

장동훈 검사는 찬물에 가까운 시원한 물로 몸을 씻고 욕실에서 나온다. 그리고 거실 바닥에 패대기쳐진, 어제 입은 정장을 주워 입는다. 아침 식사로 간단하게 편의점에서 산 샌드위치와 닭가슴살 그리고 방울토마토를 손에 집히는 만큼 입에 넣어 먹는다.

장동훈 검사는 운전하며 검찰청으로 출근하고 있다. 잠시 도로의 신호가 바뀌어 차가 멈추자 오늘 꿈에서 나온 자신의 어린 시절을 회상한다. 지금 그의 머릿속에는 배에 칼이 꽂힌 어머니와의 마지막 눈맞춤이 사진처럼 멈춰 있지만 딱히 아무런 감정이 느껴지지 않는다. 슬퍼하거나 화내면 뭐 어쩔 건가? 죽은 사람은 다시 살아나지 않는다. 눈물과 슬픔 따위는 부모님과 함께 보내 줬다.

그는 어느 순간부터 인생에 대한 즐거움을 잃어버렸다. 취미라고는 2일에 한 번 1시간씩 헬스장에서 운동하는 것이 끝이다. 범죄자에 대한 개인적인 분노나 혐오감도 모두 죽어 버렸다. 지금 그의 마음속에 남은 것은 오직 범죄 피해 유가족들의 한을 풀어 줘야 한다는 불굴의 사명감뿐이다. 합법적 복수 말이다.

장동훈 검사는 검찰청에 도착한다. 바로 건물에 들어가지 않고 주차장 옆에 있는 흡연장에서 담배 한 대를 태운다. 백 의원에게 배웠던 담배가 어느새 그보다 훨씬 더 피우고 있다. 그는 오늘 꾸었던 과거의 미련을 담배 연기에 담아 날린다.

핸드폰을 꺼내 인터넷 뉴스를 본다. 오늘 가장 뜨겁게 타오르는 뉴스는 이영환에 관한 시민 설문조사다. 그는 그 뉴스를 반쯤 읽다 멈추고 핸드폰을 주머니에 넣는다. 피우던 담배를 재떨이에 버리고 건물 안으로 들어간다.

그는 사무실에 들어가 자신과 함께 일하는 수사관들과 아침 인사를 나누고 책상에 앉아 한가득 쌓인 서류들을 대충 정리한다. 그가 이번에 담당하게 된 사건은 이영환 납치 살인 사건이다. 살인, 납치, 사체 유기, 불법 의료 수술 등 이영환에게 붙은 죄목이 16가지나 된다. 그리고 1시간 뒤에 이영환의 취조가 잡혀 있다.

장동훈 검사는 취조를 시작하기 전 취조실에 먼저 앉아 에너지 드링크를 마신다. 그는 중요한 일이 있어 집중이 필요할 때는 커피보다 에너지 드링크를 마시는 편이다. 운동을 좋아하다 보니 에너지 드링크가 입에 익숙하다.

그는 이영환의 인적 자료와 사건 관련 서류를 다시 한 번 읽어 본다. 이영환 사건의 담당 검사가 되었을 때부터 이미 모든 서류를 외울 정도로 지겹게 보았지만 그래도 한 번 더 읽어 본다. 방금 본 서류에 적힌 대로라면 이영환 사건의 살해 피해자는 현재까지 56명이다. 그 옆에 피해자 시신에 대한 부검 결과도 같이 적혀 있다. 시신이 검은색으로 변해 있던 이유는 암이 온몸을 뒤덮고 여러 질병이 함께 섞여 그렇게 변한 것이었고 관절이 기형적으로 꺾여 있던 이유는 이영환이 피해자들의 인대와 근육, 관절을 인위적으로 조작해 장애를 만든 것이었다.

장동훈 검사는 자신이 들고 있는 서류에서 유가족들의 분노를 느낀다. 가족이 인체 실험을 당해 죽었다면 제정신으로 살아갈 수 없을 것이다. 그러니 반드시 이영환을 죽여서 복수해야 한다. 그때 취조실의 문이 열리며 손목에 수갑을 찬 이영환이 기세등등한 모습으로 들어온다.

　이영환은 장동훈 검사의 맞은편 의자에 앉자마자 하품을 크게 한 번 보여준다. 56명이나 되는 사람을 인체 실험으로 죽였지만 느껴지지 않는 죄책감, 자신이 세상의 지배자인 것마냥 모든 것을 아래로 보는 눈빛이 고스란히 장동훈 검사의 눈에 들어온다. 그의 미간이 구겨지지만 어떠한 감정이 느껴졌기 때문은 아니다. 이영환의 건방진 태도를 신경 쓰지 않는다. 그는 읽고 있던 서류를 잠시 내려놓고 이영환에게 인사를 한다.

　"반가워요. 저는 이번 이영환 씨 사건 담당을 맡은 장동훈 검사라고 해요. 먼저 취조에 들어가기 전에 몇 마디 드릴게요. 저는 어떻게든 이영환 씨 사형을 받아 낼 겁니다. 56명이나 죽였으면 사형을 피할 생각도 하지 마세요. 저도 이영환 씨 뉴스 다 챙겨 보고 지껄이신 조건 사항도 다 읽어 봤거든요. 무죄 받을 생각은 좆 까시고요. 혹시나 사면을 받고 풀려나면 제가 직접 죽일 거니까 그것도 걱정하실 필요 없어요. 그냥 편안히 있으시면 알아서 죽여 드리겠습니다."

　장동훈 검사는 서류철의 날을 손끝으로 내려 만지며 시체처럼 차가운 눈빛으로 이영환을 쳐다본다. 이영환에 대한 개인적인 안 좋은 감정은 없다. 단지 용사의 사명감이 느껴진다.

이영환은 그의 말이 가소로운 듯 피식 웃는다. 그 웃음에 장동훈 검사의 미간이 더욱 구겨졌지만, 그의 얼굴에는 어떠한 감정이 느껴지지 않는다.

"저는 못 걷는 사람을 걷게 하고 병든 사람을 건강하게 만들 수 있는 사람이에요. 모든 병을 다 고친다고요. 감히 검사님이 죽이네, 마네 할 수 있는 사람이 아니에요. 검사님은 제가 사기꾼 같아 보이죠?"

"아니요, 저는 이영환 씨가 모든 병을 치료할 수 있다고 확실하게 믿습니다. 제가 의학에 대해서 아는 것은 별로 없지만, 사건의 피해자 분들의 사진만 보아도 이영환 씨의 말이 사실이라는 것은 알 수 있거든요. 이영환 씨에게 치료받은 열 분도 TV에 질리도록 나오고 있고요."

이영환은 장동훈 검사의 말에 굉장히 기분이 좋은 듯 술에 취한 산적처럼 고개를 꺾어 호탕하게 웃음을 터트린다.

구치소에서 이영환은 최근 1인실 방으로 옮겨졌다. 그곳에는 TV가 있어서 뉴스를 볼 수 있었고 이제 슬슬 사회가 자신을 믿고 있다는 것을 알고 있었다. 그리고 지금 자신을 죽인다고 말하는 검사도 자신을 믿는다는데 터져 나오는 웃음을 참을 수 없었다.

"그럼 검사님, 간단하게 장애와 암만 놓고 보아도 장애를 가지고 있는 사람과 암에 걸린 사람이 전 세계에 엄청 많아요. 그런 아픈 사람들을 완벽하게 고치고 살릴 수 있는 사람이 지구상에서 유일하게 저만 가능한데 나라가 그냥 저를 죽게 놔둘 것 같아요? 저의 완벽한 의학 기술은 제 머릿속밖에 없어요. 제가 머리가 워낙 좋아서 어디에도 적어 놓지 않았거든요. 우주 전체를 찾아보아도 저의 의학 기술에 관련된 글자 하나도 나오지 않아요. 그러니까 제가 죽으면 인류는 고통에서 해방될 기회가 사라지는 거라고요."

이영환은 말끝에 입꼬리를 치켜세우며 피식 웃는다.

"이영환 씨 대한민국이 법치국가인 건 아시죠? 당신이 신이든 모든 병을 고칠 수 있는 사람이든 재판장에서 법으로 공평하게 처벌받는다고요. 사람 많이 죽였잖아요? 그럼 뭔 짓거리하시든 사형대에 오를 겁니다. 좆같은 망상하지 마세요."

"제가 사형대에 안 오르면요?"

장동훈 검사는 이영환의 질문에 미간을 더욱 구긴다.

"아까 말했잖아요. 제가 직접 죽인다고…."

이영환은 그의 말에 자신을 죽일 수 있다면 죽여 보라고 도발하듯 피식 웃는다. 하지만 장동훈 검사의 표정 변화는 없다. 정말로 감정을 느끼지 못하는 마네킹처럼 말이다.

취조는 시작되고 이영환은 지금까지 밝혀진 자신의 모든 범행을 인정한다. 자신이 어떤 기준으로 피해자들을 선별했고 어떻게 납치를 했는지 전부 상세하게 말한다. 이영환은 생각지도 못한 놀라운 방법으로 피해자들을 납치했다. 평범한 인간의 머리로는 절대 상상조차 못 할 완벽한 범죄 수법이다. 그러니 그동안 경찰들이 납치된 피해자들을 찾지 못하고 단순 실종 처리를 한 것이었다.

　장동훈 검사가 인체 실험에 관한 내용을 묻자 이영환은 납치한 사람들의 신체에 인위적으로 질병과 장애를 발생시키고 고쳤다고 말한다. 그리고 다시 질병과 장애를 발생시키고 고친다. 이러한 짓을 피해자가 사망할 때까지 반복한 것이었다. 장동훈 검사는 더 자세한 인체 실험의 내용을 물어보았지만, 이영환은 아무것도 모르겠다며 어깨를 으쓱거린다. 그렇게 이영환의 첫 번째 취조는 점심시간 직전에 끝이 났다.

　장동훈 검사는 취조를 마치고 항상 같이 다니는 동료 검사를 흡연장에서 만나 검찰청 앞에 있는 한식당으로 향한다. 그들은 식당 안으로 들어가 대충 비어 있는 자리에 앉는다.

　"야, 이영환 니가 맡았다며? 사형 받아 내겠냐?"

　동료 검사는 자리에 앉자마자 장동훈 검사에게 질문을 던진다.

　"뭔 소리냐?"

　장동훈 검사의 미간이 조금씩 구겨진다.

　"이영환 그 새끼 내 생각에는 사기꾼 아닌 것 같아. 너도 이영환 진짜라고 믿는다며? 모든 병을 다 치료할 수 있으면 살려야 하는 거 아니야? 벌써 국민 청원에 그 새끼 내보내라고 참여한 사람이 30만 명이 넘는다니까. 아픈 사람들이 모여서 시위도 시작했고 외국에서도 슬슬 그 새끼 이야기가 나오고 있고… 이영환 감옥은 가더라도 사형은 힘들 것 같은데?"

동료 검사는 장동훈 검사와 자신 앞에 있는 컵에 물을 따르며 말한다.

"병종아, 국민 청원에 이영환 죽이라는 사람도 30만 명 정도 된다. 그리고 시발, 그렇게 사람들이 지랄해서 뭐라도 해 줄 거였으면 옛날에 꼬맹이 강간한 그 좆같은 새끼 전 국민이 사형시키라고 했는데 지금 출소해서 잘살고 있잖아? 이영환 56명 죽였다. 절대로 사형 못 피해."

장동훈 검사는 목에 먼지가 들어간 듯 헛기침을 한 번 하고 물 한 잔 들이킨다. 그리고 다시 말을 이어 간다.

"우리나라 법이 병신 같아도 법은 법이다. 그 사람이 부자든 거지든 대통령이든 잘못하면 처벌하라고 법이 있는 거야. 그 개새끼 살아서 나가면 유족들은? 그냥 사냐? 자기 가족을 죽인 새끼가 전 세계적 영웅 대접을 받으면 그냥 살겠어? 나는 절대 그런 꼬라지 못 본다. 만약 이영환이 정말로 살아서 나갈 운명이었으면 나를 만났으면 안 됐어."

장동훈 검사의 잔뜩 구겨진 미간은 도저히 펴질 생각을 안 한다.

동료 검사는 그를 어쩌겠냐는 뜻으로 눈썹 하나를 올려 세운다. 그때 식당 이모가 밑반찬을 식탁 위에 깔아 주고 두 검사 앞에 공깃밥 하나씩을 놔둔다. 반찬을 집어 먹기 위해 젓가락을 든 동료 검사는 갑자기 행동을 멈춘다.

"야! 근데 특사 받으면 어떡하냐. 모든 병을 다 고칠 수 있는데 대통령이 내보내 주는 거 아니냐?"

동료 검사는 기발한 생각이라도 난 듯한 표정을 지으며 말한다.

"걱정하지 마, 그 새끼 사형 안 당하면 내가 직접 죽일 거니까."

장동훈 검사는 표정을 더욱 굳히며 말한다.

동료 검사는 그의 말에 콧방귀를 뀌며 상에 올라온 밑반찬을 집어 먹는다. 그는 장동훈 검사를 무시하는 것이 아니다. 단지 그가 이상한 걱정을 하고 있다고 생각한 것뿐이다. 56명을 인체 실험으로 죽이고 그 사실을 인정하기까지 한 사람이 법적 처벌을 피할 방법은 없다. 그렇다고 특별사면을 받을 리는 절대로 없다. 이영환은 법이 있는 나라에 있다면 절대로 처벌을 피할 수 없다. 즉 이영환은 죽는다.

이영환은 신이다. 막을 수 없는 종교의 탄생

"이영환은 병으로 죽어 가는 인류를 구원하기 위해 하늘에서 내려오신 신이다."

이번에 새롭게 등장한 이신교 중심 교리에 첫 번째 문장이다. 이신교는 '이영환은 신이다'라는 뜻으로 최근 2만 명 이상의 신도를 모으며 화제가 되었다.

이신교에 갑자기 많은 신도가 몰린 가장 큰 이유 중 하나는 이영환에게 난소암을 치료받은 석 씨를 들 수 있다. 이신교의 창단 멤버인 석 씨는 모든 전도 활동에 참여하며 이영환을 신으로 추앙하는 모습이 언론에 자주 비췄고…

.

.

.

현재 이신교의 추후 계획을 묻자 이신교 교주 이 씨는 "이신교는 현재 구치소에 갇혀 있는 신(이영환)께서 그곳에 나올 수 있도록 모든 수단을 가리지 않고 노력할 것"이라고 답했다.

나추진(wlqwnd@dkseho.co.kr)

2장

1심 재판

대한민국 헌법 제11조 1항: 모든 국민은 법 앞에 평등하다. 누구든지 성별·종교 또는 사회적 신분에 의하여 정치적·경제적·사회적·문화적 생활의 모든 영역에 있어서 차별을 받지 아니한다.

이영환이 경찰에 체포된 지도 벌써 2개월이라는 시간이 흘렀고 그에 대한 사건 조사가 완전히 끝이 났다. 장동훈 검사는 취조실에 앉아한 뭉텅이로 묶여 있는 서류를 읽고 있다. 책상 위에는 이영환 사건에 관한 서류들이 높은 탑을 만들며 쌓여 있다. 찌그러져 있는 에너지 드링크 캔은 책상 위를 굴러다니고 장동훈 검사의 맞은편에 있는 이영환은 장시간 취조에 상당히 지쳐 보인다.

이영환에게 인체 실험을 당해 사망한 모든 피해자가 발견되었다. 미성년자 45명, 성인 70명, 외국인 28명, 신원 불명 성인 30명, 신원 불명 미성년자 50명 총 223명의 사람들이다. 신원 불명 미성년자 50명 전부 이영환의 인체 실험으로 탄생한 3세 미만 아기 혹은 태아들이며 그중 21명이 잉태된 지 24주가 지나지 않아 재판에서 살인이 아닌 낙태로 판결될 수도 있다.

추가로 발견된 167명의 피해자 전부 B급 공포영화에서나 나올 법한 모습을 하고 있었다. 모두 이영환의 인체 실험 때문이었다. 그리고 4년 전 처음 인체 실험으로 사망한 피해자부터 가장 최근에 사망한 피해자까지 전부 부패가 진행되지 않았다. 이영환이 어떠한 특수한 방법을 사용해 피해자들의 시신을 영구 방부 처리한 것이었다.

이영환의 인체 실험에 대한 모든 내용은 일반 시민들에게 알려지면 안 되는 것뿐이었다. 너무나 끔찍하고 잔인했기 때문이다. 그래서 언론에 알려진 것은 사건의 피해자들이 223명이라는 것과 모두 이영환에게 인체 실험을 당해 사망했다는 것이 끝이었다.

"이영환 씨, 여기서 취조 끝낼게요."

장동훈 검사는 읽고 있던 두꺼운 서류를 테이블 위로 툭 던지며 기지개를 켠다. 이영환도 그를 따라 함께 기지개를 켠다.

"검사님, 정말로 다 끝난 거죠?"

"예, 이영환 씨가 다른 범죄를 저지르지 않았다면 이제 더 이상 볼 일은 없죠."

이영환은 기지개 때문에 머리 위로 올렸던 자신의 팔을 책상에 내려놓으며 길게 숨을 내쉰다. 그리고 취조실 책상에 피곤한 고등학생처럼 엎드린다.

이영환은 223명 전부 자신이 죽였다고 인정은 했으나 인체 실험의 내용에 관해서는 입도 뻥끗하지 않았다. 자신의 의학 기술에 관한 내용이 들어 있기 때문이었다. 그래서 장동훈 검사는 이영환이 곧 죽어도 실험의 내용을 말하지 않을 것을 알기에 빠르게 포기하고 지금 취조를 끝냈다.

장동훈 검사는 손목에 감긴 시계를 보며 현재 시각을 확인한다. 오후 9시 25분, 생각보다 취조가 빨리 끝났다. 여유 시간이 조금 있는 것을 확인한 그는 사건 서류 탑의 가장 위에 놓인 서류철을 집어서 펼친다.

"이영환 씨, 피곤하실 텐데 개인적으로 궁금한 거 하나만 질문할게요. 괜찮죠?"

장동훈 검사는 서류철 중간에 끼워져 있는 종이 한 장을 뽑아 든다.

"예~ 말하세요."

이영환은 계속 책상에 엎드린 채 대답한다.

"이병석 씨 왜 죽였어요?"

장동훈 검사의 질문에 이영환은 아무 말도 안 한다. 갑자기 죽어 버린 듯이 숨소리조차 들리지 않는다.

"이병석 씨 왜 죽였냐고요."

장동훈 검사는 뽑아 든 종이를 들고 팔짱을 끼며 그에게 다시 질문한다.

이영환은 엎드리고 있던 상반신을 들어 올리고 의자에 몸을 기댄다. 항상 유쾌한 웃음이 보이던 그의 눈빛이 잠시 날카로워졌다. 장동훈 검사가 그의 심기를 건든 것이다. 하지만 이영환은 바로 선한 웃음을 보여 준다. 그래도 장동훈 검사의 질문에는 대답하지 않는다.

"당신 아버지 이병석, 이 사람 왜 죽였어요?"

장동훈 검사는 멈추지 않고 다시 한 번 더 질문한다. 이영환의 입술이 떨어졌다 붙였다를 반복한다. 무언가 말하려고 하지만 상당히 고민하고 있다. 잔뜩 당황한 모습이 표정으로 전부 읽힌다. 그래도 웃음은 멈추지 않는다.

"뭐… 제 과거 이야기 잠깐 하겠습니다. 괜찮죠?"

장동훈 검사는 아무 말 없이 한 번 고개를 끄덕인다. 이영환은 머리를 긁적거리며 아까부터 머뭇거리며 내뱉지 못했던 말을 들려주기 시작한다.

"저희 집이 돈은 없고 자식은 저 하나인 그런 집이었어요. 어쨌든 제가 의대에 들어가서 공부를 하고 있을 때 아버지가 간암에 걸렸어요. 그래서 구암 병원에서 머리 빡빡 밀고 항암 치료를 받는데 그게 그렇게 아프다네요. 돈은 돈대로 나가고 아프기는 무지막지하게 아프고 그렇다고 암이 팍팍 없어지는 것도 아니고 그래서 아버지는 치료를 거부하고 집으로 도망 왔어요. 그리고 아버지가 저에게 전화해서 의사 새끼들 다 사기꾼이니까 학교 때려치우라고 소리를 치대요? 거기다 엎친 데 덮친 격으로 어머니가 골골 앓기 시작했어요. 근데 아버지는 의사 새끼들 사기꾼이라서 어차피 병원 가도 못 고친다고 어머니를 병원에 가지 못하게 했어요. 그렇게 어머니는 집에서 죽었죠. 우리 엄마 뭐 때문에 죽었는지도 몰라요. 병원 가서 검사도 못 받고 치료도 못 받고 그냥 죽었다고요."

이영환은 어머니의 생각에 목이 메는지 잠시 말을 멈추고 심호흡을 한다. 그러고는 자신의 감성을 추스르며 다시 말을 이어 간다.

"그리고 조금 시간이 지나고 저는 의학에 깨달음을 얻고 학교를 자퇴했어요. 구암으로 내려와 사람 잡아다가 의학 기술을 개발하고 숙달하고 있었죠. 그렇게 2년 정도 시간을 보냈는데도 말기 암이었던 아버지는 잘살아 계셨어요. 다행이었죠. 그때는 제가 암을 고치는 법을 완벽히 알았거든요. 그래서 아버지의 암을 고칠 수 있겠다는 확신과 함께 아버지를 수술했어요. 근데 실패했죠. 그렇게 아버지도 죽었습니다. 완벽할 거라고 생각했던 제 기술에 하나 잘못된 점이 있었거든요. 하지만 아버지가 죽으면서 딱 하나 있었던 문제점을 고치고 정말로 완벽한 암 치료 기술을 터득했어요. 아버지가 없었다면 절대로 완벽할 수 없었던 기술이었죠. 암 환자분들은 저희 아버지에게 고마

워해야 해요. 말이 나온 김에 검사님도 저희 아버지 좀 기억해 주세요."

이영환은 말을 끝내며 장동훈 검사에게 윙크를 날린다. 아버지의 죽음을 자랑스러워하며 활짝 웃는다. 아버지를 자신의 손으로 죽였다는 죄책감은 전혀 찾아볼 수 없다. 아니, 죄가 아니라고 생각하는데 어떻게 죄책감을 가지겠는가?

장동훈 검사는 항상 그랬듯이 미간을 구긴 시체 같은 표정으로 이영환을 쳐다본다. 이영환이 아버지를 죽이든 어머니를 죽이든 상관없다. 정말로 개인적인 궁금증 때문에 질문한 것이었다. 별다른 이유는 없었다.

"그렇군요. 대답해 줘서 감사합니다. 뭐… 이병석 씨 제가 잘 기억해 드릴게요."

장동훈 검사는 자리에서 일어나 취조실을 떠난다. 그리고 퇴근하기 전 사무실에 들른다. 사무실에는 모두가 퇴근하고 아무도 없다. 불도 당연히 꺼져 있어 어두컴컴하다. 그는 사무실 문을 활짝 열고 문에서 사무실 안으로 들어가는 복도 빛에 의존하여 어두운 사무실로 들어가 두둑한 서류철 뭉텅이를 자신의 책상 위에 던진다. 책상을 가득 덮고 있던 종잇장들이 가을철 떨어지는 낙엽처럼 팔랑거리며 책상 밖으로 날아간다. 하지만 그는 떨어진 종이를 줍지 않고 그냥 사무실 밖으로 나간다.

이영환이 처음 세상에 나와 모든 병을 치료할 수 있다고 말했을 때 많은 사람들은 그가 사기꾼이라고 생각했다. 하지만 2개월이라는 시간이 지난 지금은 상황이 많이 달라졌다. 대부분의 사람은 그의 의학 기술을 믿고 있거나 믿고 싶어 한다. 새롭게 실시한 시민 설문조사 결과 약 87%의 사람들이 이영환의 의학 기술을 믿고 있다고 한다. 사람들이 이영환의 의학 기술을 믿기 시작한 큰 이유 중 하나는 이영환이 치료한 10명의 사람들 때문이다.

뉴스와 건강 프로그램에서는 이영환에게 치료받은 10명이 매번 나왔다. 그들의 장애와 질병이 사라진 것을 검사하는 장면과 검사 결과는 TV에서 수백 번 넘게 보여 줬다. 그들은 미국, 유럽, 일본 등 북한 빼고 거의 모든 외국으로 날아가 정밀 검사를 받았고 당연히 건강하다는 결과가 나왔다. 그들의 과거 장애, 질병 진단서가 조작이 아니냐는 소문이 돌아 진단서를 국과수에 검사 의뢰를 맡겼고 그 진단서를 작성한 의사와 병원에 경찰 조사까지 들어갔었다. 하지만 아무런 조작의 흔적은 발견되지 않았고 이러한 점들이 하나둘씩 모여 이영환의 신뢰도를 더욱 높여만 갔다.

소수의 아픈 사람들이 길거리에 나와 이영환의 사형 반대를 외치며 시위했던 것이 지금은 한 연대를 만들 정도로 굉장히 큰 조직이 되었다. 현재 이영환 사형 반대 연대에 추정 가입자만 200만 명이 넘는다. 전국의 거의 모든 아픈 사람들과 그들의 가족들은 당연히 연대에 가입했다. 그중에는 유명 연예인, 정치인, 기업의 이사도 다수 포함되어 있었다. 사회적 직위가 높다고 질병을 피할 수는 없었기 때문이다. 상당한 수의 사람이 모인 연대는 당당히 밖으로 나가 이영환의 사형 반대를 외치는 시위를 벌였고 언론에도 나오기 시작했다.

뉴스가 끝나고 시작하는 토크쇼에 이분척추를 안고 태어나 평생을 휠체어 위에서 살아온 30대 여성이 게스트로 나왔다. 그녀는 현재 우리나라와 전 세계에 존재하는 장애인들의 처지와 현실 그리고 어쩔 수 없이 생기는 차별과 원치 않는 고통을 꾸밈없이 솔직하게 말했다. 223명의 피해자가 나온 것은 안타깝게 생각하지만, 그로 인해 병을 앓고 있는 전 세계의 사람들이 고통의 장벽에서 해방될 수 있다고 주장했다.

그녀는 모두가 건강하고 행복하게 살아갈 수 있다고 소리친다. 자신도 걷고 싶고 남들처럼 평범하게 살고 싶다며 눈물을 글썽인다. 우리나라에만 장애인이 250만 명 정도 있다고 한다. 모두가 심한 장애를 앓고 있지는 않아도 불편한 삶을 지내고 있다는 것을 알려 준다. 그녀뿐만이 아니라 많은 장애인과 아픈 이들이 여러 매체에 나와 이영환이 세상에 꼭 필요한 존재라는 것을 인식시키려고 노력하고 있다.

아픈 사람들 말고도 이영환의 사형을 반대하는 사람들이 있었다. 그들은 그냥 일반인이다. 이영환에게 인체 실험을 당한 피해자들과 아무런 관련이 없고 건강에도 크게 문제가 없는 평범한 시민들 말이다. 그들이 이영환이 사회로 나오기를 바라는 이유는 간단했다. 그 아무도 완벽하게 건강한 사람은 없고 자신도 나중에 나이가 들면 크게 아플 것이라는 두려움, 가족이 큰 병에 걸릴 수도 있다는 걱정을 가지고 있기 때문이다. 하지만 이들은 얼굴이 보이지 않는 곳에서 아픈 이들을 응원만 할 뿐이었다. 언론에 나오거나 시위에 참여하지는 않았고 이영환 사형 반대 연대에 후원금과 필요한 물건을 제공할 뿐이었다.

사건의 피해자 유가족들은 당연히 이영환이 온 국민에게 욕을 먹으며 재판장에서 사형을 선고받을 거라 생각했다. 하지만 이미 똘똘 뭉친 이영환 사형 반대 연대가 이곳저곳에서 활발히 활동을 하며 이영환의 사형 반대를 주장하자 유가족들도 뭉치기 시작했다.

이영환에게 6살 아들을 잃은 아버지의 시작으로 하나둘씩 구암 광장으로 나왔다. '이영환 사형 집행!'이 시뻘건 색으로 새겨진 커다란 깃발을 들고 이영환 사형 찬성 시위를 벌였다. 모든 유가족이 광장에 나와 하나로 뭉쳤지만, 사형 반대 연대에 비해 사람의 수가 너무나도 적었다. 하지만 뜻밖에 다른 사람들이 그들의 큰 힘이 되었다. 그들도 일반인이다. 뉴스에서 이영환 사건의 피해자가 233명이라는, 말도 안되는 소식과 함께 피해자들 전부 이영환의 끔찍한 인체 실험으로 사망했다는 소식이 보도되고 이영환을 극도로 혐오하는 사람이 우후죽

순으로 생겨났다. 그로 인해 이영환 사형 찬성 연대에 무시할 수 없을 정도의 많은 사람이 가입했다.

토크쇼에서 한 형사 전문 변호사가 나와 이영환은 대한민국 최악의 학살자이며 사형을 받는 것이 옳다고 말한다. 이영환이 죗값을 받지 않고 구치소에서 나온다면 나라의 법이 부정된다고 덧붙인다. 대한민국은 법치국가다. 모두가 법 앞에서는 평등해야 한다. 아무리 뛰어난 의학 기술을 가지고 있다고 해도 정당하게 처벌받아야 한다고 설명한다. 변호사는 1년 전 노숙인을 살해하고 그 노숙인의 살점을 먹은 남성의 사형 판례를 포함한 사형 재집행 이후에 살인범들의 99%가 사형선고를 받았다는 판결을 화면에 보여 준다. 그 이후에도 30분가량 지루한 이야기를 계속했는데 결과적으로 이영환은 절대로 사형을 피할 수 없다는 말이었다.

이 상반된 두 세력은 지금도 계속해서 성장하고 있다. 서로 다양한 사연과 다른 생각을 가지고 충돌하며 싸우고 있다. 모두 이영환이라는 한 남자 때문이다. 223명을 인체 실험으로 무참히 죽인 악마를 법으로 처벌할 것인가, 아니면 인류를 질병과 장애에서 구원할 신을 받아들일 것인가? 곧 있으면 이 질문의 첫 번째 답을 알 수 있다. 오늘은 이영환의 1심 재판 날이다.

이미 이영환의 재판이 이뤄질 법원 앞에는 이영환 사형 찬성 연대가 도로 한쪽에 진을 치고 앉아 있다. 사람들 모두 '사형 속결'이라는 글씨가 박힌 머리띠를 둘러매고 있다. 그 수많은 사람 사이에서 한 남성이 홀로 서서 확성기를 들고 외친다.

"이영환! 223명 죽이고 살아나갈 생각하지 마라! 내가 너 나오면 찢어 죽여 버릴 거야!"

이영환에게 인체 실험으로 6살 아들을 잃은 아버지의 한 맺힌 울부짖음이다. 확성기에 울려 퍼지는 그에 목소리를 시작으로 사람들은 환호성을 지르며 각자의 사연을 소리친다. 그들 뒤에는 사람 크기만 한 짚인형 하나가 준비되어 있다. 짚인형 얼굴에 이영환의 얼굴이 복사된 종이가 붙어 있고 인형이 조잡한 교수대에 목이 걸려 대롱대롱 매달리자 사람들은 또 한 번 큰 환호성을 지른다.

이영환 사형 찬성 연대 맞은편에는 사형 반대 연대가 도로 위에 앉아 똑같이 시위를 벌이고 있다. 그들이 모인 도로 가운데에 깔끔한 작은 무대가 설치되어 있다. 그리고 한 남성이 마이크를 들고 그 무대 위를 오른다. 그 남성은 다운 증후근을 앓고 있다. 염색체 질환 중 가장 흔하게 볼 수 있는 질환이다. 그리고 당연히 치료법은 존재하지 않는다.

남성은 무대 위에 서서 마이크를 입에 붙인다. 조금 어눌한 발음과 미성숙한 어휘력으로 만들어진 문장이 마이크를 타고 퍼져 나온다. 이영환이 나타나기 전 아무도 그의 말에 귀를 기울여 주지 않았지만 지금 사형 반대를 위해 이곳에 모인 모든 사람은 그 남성의 말을 경청

한다.

자신이 원해서 걸린 병이 아니다. 그의 나이는 곧 서른이지만 아직 성인으로 인정받지 못했다. 혼자 생활하기에는 턱없이 부족한 능력과 경제력을 가지고 있다. 남성은 자신도 사회의 구성원이 되어 성인으로 인정받고 싶다고 소리친다. 늠름한 한 명의 성인으로 말이다. 그는 눈물을 흘린다. 사랑했던 애인이 떠올랐기 때문이다. 그녀도 다운증후군을 앓고 있었고 작년에 세상을 떠났다.

"이 새끼들아!! 이영환이 너희 가족 배를 갈라 죽여도 그 지랄할 거냐!"

남성이 한참 희망찬 미래를 말하고 있을 때 저 멀리서 날카로운 기계음과 함께 확성기 소리가 울려 퍼진다. 한 아주머니도 확성기 소리와 함께 목에 피가 나도록 크게 소리를 내지른다.

"내 남편 살려 내!!"

'이영환 사형 집행'이 쓰여 있는 커다란 깃발이 휘날린다.

"사형!"

"속결!"

그들의 목소리는 거대한 한 소리로 모여 법원 전체를 감싼다. 그 거대한 소리에 한 아이가 소리를 지르며 자리에 엎어져 몸을 배배 꼰다. 그 아이는 뇌성마비를 앓고 있다. 옆에 있던 부모는 엎어져 있는 아이를 일으키려고 애쓰지만, 아이의 몸부림이 너무나 거세다. 그리고 이 모든 모습은 방송국 카메라에 담기고 있다.

이미 이영환의 1심 재판은 진행되고 있었다. 박재준 변호사는 이번 사건은 새로운 의학 기술을 얻기 위한 피할 수 없는 희생이라고 판사에게 말한다. 223명의 희생자가 있었기에 이영환은 인류를 질병과 장애에서 구원할 수 있으며 희생자들보다 그의 의학 기술로 생명을 보장받는 사람의 수가 훨씬 더 많다는 변호를 펼쳤다.

박재준 변호사는 당연히 지금 자신이 하는 변호가 이미 사형이 확정인 재판의 결과를 바꾸지 못한다는 것을 알고 있다. 하지만 그에게는 선택권이 없었다. 역시나 판사의 표정이 좋지 않다.

재판의 차례는 검사 측으로 넘어간다. 장동훈 검사는 재판장 모니터에 한 장의 사진을 띄운다. 한 여성 피해자의 사진이다. 관절이 기형적으로 뒤틀려 있다. 관절 인형의 모든 관절을 마구잡이로 꺾어 놓은 듯 말이다. 피부는 불에 타 버린 것처럼 새카맣다. 온몸이 암과 각종 피부 질환으로 뒤덮였다. 다음 사진으로 넘어간다.

장동훈 검사는 화면에 나온 피해자를 여성이라고 설명하지만, 남성과 여성의 성기를 모두 가지고 있다. 그녀는 이영환의 인체 실험 때문에 남성의 성기가 자연적으로 자랐다. 키는 3M가 넘어가고 왼팔의 길이만 2M가 훌쩍 넘는다. 다음 사진으로 넘어간다.

60대 남성이다. 그다음 사진은 20대 남성이다. 다음 사진은 80대 여성이 나온다. 모두 신체 전체가 암으로 썩어 있고 관절은 기형적으로 뒤틀려 있다. 다음 사진으로 넘어간다.

20대 남성 피해자인데 신체 장기에서 자궁이 발견되었다. 역시나 인체 실험 때문이다. 그리고 피해자는 어떠한 성관계 없이 임신을 했는데 태아의 DNA가 피해자의 DNA와 100% 일치했다. 즉 자신을 복제해 임신 한 것이었다. 다음 사진으로 넘어간다.

잉태된 지 8개월 된 태아의 사진이 올라온다. 설명은 하지 않겠다. 그렇게 총 223장의 사진이 재판장에서 모두 공개가 되었다. 판사는 고개를 돌려 올라오는 구역질을 참는다. 속기사의 표정도 상당히 좋지 않다.

박재준 변호사는 사건 피해자들의 사진을 보고 엄청난 충격을 받았다. 모니터에 띄운 사진을 한 장 한 장 볼 때마다 몸속에 있는 각종 오물이 쏟아져 나올 것 같았다. 이영환이 자신에게 말했던 것보다 더욱 충격적인 게 많았다. 피해자들 중에서 그의 딸과 비슷한 나이의 여자아이가 3명이나 있었다. 화면에 올라온 여자아이들의 처참한 사진을 보며 아버지로서의 분노가⋯ 아니 감사함이 느껴졌다. 저 아이들이 있었기에 딸이 살 수 있다. 화면에 태아가 나올 때는 어쩔 수 없이 고개를 돌렸다. 도저히 사람이 볼 수 있는 장면이 아니었다. 이영환이 피해자들의 사진을 보며 피식 웃을 때마다 몸 전체에 소름이 올라왔다. 이런 씻을 수 없는 죄악을 품은 자를 재판장에서 무죄로 꺼내야 한다. 하지만 죄책감은 없다. 딸을 살려야 한다. 살 수 있는 사람은 살아야지 않겠는가? 자신이 죽는 한이 있더라도 이영환을 무죄로 만들어야 한다.

재판은 멈추지 않고 계속 진행된다.

"피고인, 인체 실험 당시 피해자들의 고통을 줄여 줄 만한 마취나 어떠한 행위를 하였습니까?"

이영환의 심문 시간이 찾아왔고 장동훈 검사는 그에게 질문을 한다.

"통각 제거 수술은 가능한데요. 실험하는데 굳이? 가끔 성대 제거 수술은 했습니다."

이영환은 역시나 말끝에 피식 웃는다. 판사의 표정이 싸늘하게 굳고 박재준 변호사는 인상을 찡그린다.

"피고인, 최후의 변론하세요."

판사는 재판이 끝나기 전 마지막으로 이영환을 일으켜 세운다.

"제가 223명을 죽여서 2개월 정도 갇혀 있었네요. 그 2개월이라는 시간 사이에 적어도 전 세계에서 60만 명이 암으로 죽었어요. 그리고 제가 그 60만 명을 살릴 수 있었죠. 지금! 223명 때문에 60만 명이 죽었어요. 판사님, 저는 죄가 없습니다. 단지 인류를 구원하기 위해 힘썼을 뿐이죠."

이영환은 미소를 지으며 말을 끝냈다.

1심 재판이 끝이 났다. 이영환은 다시 구치소에 갇히고 장동훈 검사와 박재준 변호사도 잠시 각자 갈 길을 떠난다. 2심 재판을 준비해야 한다. 1심 재판의 결과는 223명 전부 살해 인정, 당연하게 사형이다. 무죄가 나올 리는 절대 없었다.

경찰 이영환의 의학 기술 발견, 은폐 의혹

이영환의 의학 기술은 실존하고 그가 대한민국 어딘가에 기술을 정리해 숨겨 뒀다고 주장하며 그 기술을 찾기 위해 전국을 돌아다니는 모임의 커뮤니티, LMT에서 작성된 하나의 글이 주목을 받고 있다. 작성한 글의 일부를 보자면

『아니, 우리가 구암 허면리에 폐공장이 잔뜩 모여 있는 곳에 갔거든? 근데 공장 앞에 도착하자마자 갑자기 경찰이 튀어나와 우리를 부르더라;; 그리고 당장 돌아가라고 여기 오면 안 된다고 뭐라 하길래 그냥 왔어. 그곳에 이영환 기술 있는 거 아니야?』 [사진 = 카페 LMT 자유 게시판]

그들은 구암시 허면리에 있는 폐공장단지에 경찰들이 지키

고 있고 그 이유가 그곳에 이영환의 의학 기술이 있기 때문이라는 의혹을 제기했다.

경찰은 이영환의 의학 기술에 관한 아무것도 찾지 못했으며 허면리 공장단지의 접근을 막는 이유는 사건 현장 보존 때문이고 이영환의 의학 기술을 찾아다니는 행위는 제재해 달라는 말을 했다.

[구암 경제] 위 아래 guswo255@dhwjs.co.kr

3장

회심의 오답

1심 재판은 사형 판결로 끝이 났고 무거운 달이 떠오른 밤이 되었다. 박재준 변호사는 구치소 변호사 접견실 책상 앞에 앉아 눈을 감고 자신의 복잡한 감정을 정리하고 있다. 책상 위에 펼쳐져 있는 그의 노트북에는 아무것도 적혀 있지 않은 하얀 백지 창이 띄어져 있다. 당연히 이영환도 그의 맞은편에 앉아 있다. 책상에 머리를 붙이고 다리 사이로 팔을 축 늘어트리며 가만히 박재준 변호사를 보고 있다.

　"변호사님, 걱정하지 마세요. 저는 확실하게 여기서 나갈 최후의 수단이 있어요. 근데 그거 써서 여기서 나왔을 거면 변호사를 선임 안 했겠죠. 안 그래요?"

　이영환은 그를 약 올리듯 키득거리는 웃음을 섞어 말한다. 박재준 변호사는 그의 말에 슬며시 눈을 뜬다. 동공에는 짜증이 가득 담겨 있다. 이영환이 말한 최후의 수단은 물어보지 않는다. 분명 자신을 떠보려고 한 말이다. 있다고 해도 어차피 말해 주지 않을 것이 뻔하다. 이영환은 그의 눈이 떠진 것을 보자 책상에 붙어 있던 머리를 떼고 턱을 괸다.

"변호사님 뭐라도 계획을 말해 봐요. 저 무죄 만들어야죠? 아니면 대통령이라도 꼬셔서 사면받게 하든가요. 사형으로 죽을 저보다 지금 변호사님이 더 급해요. 저는 죽어도 상관없는데 딸은 살려야죠."

이영환은 일부러 박재준 변호사의 딸을 언급하며 그의 심기를 긁는다. 박재준 변호사의 내쉬는 한숨이 떨린다. 그는 이영환이 180명 정도의 사람을 죽였다고 말했을 때부터 이미 사형선고를 피하지 못할 것을 알고 있었다. 그리고 오늘 1심 재판에서 사형선고를 받으니 무죄가 아예 불가능하다는 데 확신이 선다. 하지만 이영환은 형을 받기만 해도 죽어 버린다고 하니 도저히 답을 찾을 수 없는 문제였다. 그렇다고 그냥 재판을 포기하고 딸을 죽게 놔둘 수도 없으니 당장 미치고 돌아 버릴 지경이었다.

"이영환 씨, 지금이라도 계획을 바꿉시다. 무죄는 말도 안 되는 짓이에요. 죄를 인정하셨는데 어떻게 죄를 없게 만듭니까. 우선 사형을 피하고…"

박재준 변호사는 한탄하듯 이영환에게 말한다.

"무죄 받아 낼 수 있다면서요. 아니면 빨리 나가시면 돼요."

이영환은 고개를 좌우로 저으며 말한다.

"아니, 이영환 씨가 범행을 모두 인정했는데 어떻게 무죄가 나옵니까? 현실과 타협해야 합니다. 우선 사형을 피한 다음에 따른 방법을 생각해 봅시다. 제가 끝까지 도와 드리겠습니다."

"알아요. 변호사님 뭔 말 하는지 알겠어요. 근데 지금 사형을 피할 수 있다고 생각하는 거예요? 지금 와서 제가 말한 진술 번복하고 기억 안 난다고 술 먹었다고 잡아떼도 이미 제가 범인이라는 확실한 증거까지 모두 나온 상황에서 사형을 피할 수 있을 거라고 생각하시냐고요. 저 223명을 죽였어요. 아니면 제가 죽으면 변호사님 딸도 죽으니까 그러는 거예요? 무죄나 사면받아 내라고요. 그러면 고쳐 주겠다고"

박재준 변호사는 자신의 딸이 죽는다는 이야기가 나오자 입이 닫힌다.

분노가 올라온다. 이영환이 지껄인 말에 틀린 말이 없다는 게 화를 돋운다. 하지만 이를 꽉 물며 올라오는 분노를 삼켜 낸다.

"말했잖아요~ 저는 감옥 가면 그냥 죽을 거라고요. 뭐, 사형 받으면 그냥 죽으면 돼요. 인류가 아픔에서 구원받는 것을 거부하는데 제가 존재할 이유가 없죠."

이영환은 진지했던 눈빛을 풀고 다시 웃음을 지으며 말한다.

"이영환 씨, 그러면…"

"좆 까요. 그냥 하라는 대로 하세요."

이영환은 박재준 변호사의 말을 단칼에 끊는다. 박재준 변호사의 입술이 파르르 떨린다. 그는 손으로 얼굴을 한 번 쓸어내리고 숨을 길게 내쉰다. 들끓는 분노가 눈을 가리기 직전이다. 당장 이영환의 얼굴에 주먹이 날아갈 것 같다.

"그럼 이영환 씨, 저도 질문 하나 합시다. 정말로 그런 이상한 주장을 들고 재판장에서 무죄를 받을 수 있다고 생각하십니까?"

"나가요. 못할 거면 욕심부리지 말고 나가세요. 저는 그냥 죽으면 돼요. 다시 한 번 말하지만 지금 급한 건 제가 아니라 박 변호사님이라니까요? 뭘 질문하고 저를 이기려고 하지 마세요. 하라면 해요. 아니면 시발 빨리 나가라고!"

이영환은 얼굴에 정색을 띤다. 박재준 변호사는 아무 말도 못 한다. 지금 그는 딸 생각 때문에 너무 감정적으로 이영환과 대화를 하고 있다는 것을 깨닫는다.

이영환은 박재준 변호사가 대단한 변호사라서 큰돈을 주고 모셔 온 것이 아니다. 박재준 변호사, 그가 이영환 앞에서 무릎을 꿇고 자신을 변호사로 선임해 달라고 사정사정하며 빌었다. 지금 이영환의 변호사 자리를 원하는 사람은 넘치고 넘친다. 박재준 변호사는 이영환이 쓸모없다는 생각이 들면 버려지는 기계 부품 같은 사람일 뿐이다.

"변호사님, 지금 1심 끝났어요. 2심 가고 대법원 가서 변호사님 말대로 겨우 사형을 피해서 감옥에 갔다고 쳐요. 그리고 변호사님이 기가 막힌 방법을 만든다 해도 제가 감옥 밖으로 나가려면 아무리 짧아도 몇 년은 걸릴 거예요. 그때까지 딸 살아 있을 것 같아요? 아는지 모르겠지만 이제 몇 개월 안 남았어요. 제 생각에는 지금부터 최대로 버티어도 100일도 못 버텨요."

이영환의 말에 박재준 변호사의 정신이 깨어난다.

지금 자신의 상황과 위치가 다시 한 번 일깨워진다. 하지만 이영환을 무죄로 만들 자신이 없다. 그렇다고 딸을 포기할 수는 없다. 딸의 시간은 얼마 없다.

그의 머릿속과 마음이 복잡하게 꼬인다.

"그럼… 시간을 조금만 주십쇼. 마음에 들어 할 방안을 생각해 오겠습니다."

박재준 변호사는 복잡한 감정이 뒤섞인 얼굴로 이영환에게 부탁한다. 그는 다시 찾아온 희망을 포기하지 못했다.

"마음대로 하세요."

이영환은 그에게 마지막 기회를 준다. 하지만 실망감과 함께 웃음기가 사라졌다.

박재준 변호사는 마지막 기회를 부여받고 구치소에서 나와 차를 몰고 도로를 달린다.

이영환이 자신에게 큰 실망을 했다. 끈적한 답답함이 목에 잔뜩 붙어 숨쉬기가 어렵다. 울분에 가득 찬 소리를 내지른다. 목청이 찢어져도 상관없다는 듯 계속해서 소리를 지른다. 아까부터 참고 있었던 분노가 멈추지 않고 차올라온다. 자동차 핸들을 쥐고 있는 손아귀에 힘이 꽉 들어간다. 이번에는 욕설과 함께 소리를 지른다.

박재준 변호사는 구암시 번화가에 있는 작은 호텔 주차장에 차를 세운다. 그는 서울에서 살기 때문에 어쩔 수 없이 구암에 호텔 방을 구해 그곳에서 지내고 있었다. 방에는 커다란 하얀색 침대 하나와 침대 앞 벽에 걸려 있는 TV가 있다. 그리고 방구석에 유리 원탁 테이블과 나무로 만든 의자 2개 그리고 작은 냉장고가 있다.

그는 자신의 호텔 방에 들어가서 먼저 TV를 켜고 화장실로 간다. 켜진 TV 화면에는 정치인 최 씨가 나온다. 정치인 최 씨는 이영환이 사기꾼이라고 강력하게 주장하는 사람들 중 한 명이다. 최근 이영환의 사면 요구 시위를 하는 장애인들을 지목하여 그들은 희망에 눈이 멀어 대한민국의 법과 도덕을 망가트리는 휠체어 부대라고 공개적인 비난을 한 사람이다.

"이영환은 지금 전혀 근거 없는 소리를 하고 있습니다! 우리나라에 유명한 대학 병원에는 암 연구소가 하나씩 있거든요? 그곳에서 머리 좋은 사람들이 백날이고 앉아서 암을 연구해도 완벽한 암 치료 기술을 발견하지 못하는데, 어떻게 전문의도 아니고 일반의도 아닌 그냥 의대를 자퇴한 20대 청년이 암뿐만 아니라 모든 질병을 치료할 수 있을까요? 상식적으로 생각해 봅시다. 가능하겠습니까? 암이 그냥 메스 하나 들고 뚝딱 고칠 수 있을 거라고 생각하시는 거예요?"

지금 토크쇼에 출연한 정치인 최 씨가 열변을 토하고 있다.

박재준 변호사는 볼일을 본 후 화장실에서 나와 손에 묻은 물을 털며 TV를 보고 있다. 그의 귀에는 정치인 최 씨의 말이 굉장히 거슬리게 들리지만 우선 토크쇼는 무시하고 책상 앞 의자에 앉아 눈을 감는다. 그리고 천천히 정신을 집중하기 시작한다.

이영환을 절대 무죄로 만들 수 없다. 그러니 다른 방법을 생각해 내야 한다. 구치소에서 자신이 너무 감정적으로 행동했다는 것을 다시 한 번 생각하며 쓸모없는 감정을 버리려고 노력한다. 변호사는 일할 때 감정을 절제하고 냉철하게 생각해야 한다. 하지만 그는 집중에 실패하고 크게 한 번 소리를 지른다. 이영환을 법정에서 꺼낼 방법이 도무지 생각나지 않는다. 그렇다고 병신처럼 딸을 살릴 수 있는 유일한 기회를 버릴 수는 없다. 또다시 답답함이 그의 목을 옥죄인다. 그리고 뜬금없이 1심 재판장에서 봤던 장동훈 검사의 얼굴이 떠오른다.

박재준 변호사는 장동훈 검사를 알고 있었다. 딱히 그와 친분이 있고 사석에서 만난 사이는 아니었지만, 법조계 바닥에서 꽤나 이름이 나 있는 사람이다. 그의 악명을 소개할 한 가지 일화를 말하자면 1년 전에 한 재벌 3세가 구암시에서 음주 운전으로 3명을 치어 사망하게 하고 뺑소니친 적이 있는데 장동훈 검사가 그 사건 담당 검사가 된다는 소문이 있었다. 그래서 그 재벌 3세의 아버지가 구암 검찰청에 큰돈을 주고 장동훈 검사를 피하려다가 발각이 되었을 정도였다. 그리고 대한민국 정치판에서 꽤나 힘 있는 백 국회의원과 상당한 친분이 있어 빽도 어마 무시하다. 분명 장동훈 검사도 사회 분위기가 요란한 것을 알고 있을 거다. 박재준 변호사는 그가 모든 방법을 총동원해 이영환의 사형을 받아 낼 거라고 확신한다. 분명 장동훈 검사는 그럴 인간이다.

박재준 변호사는 고개를 흔들어 머릿속에서 장동훈 검사를 날려 보낸다. 자세를 고쳐 앉고 다시 눈을 감는다. 천천히 호흡하며 몸에 힘을 빼도 도저히 집중이 안 된다. 아무리 생각해 보아도 이영환을 법정에서 꺼낼 그 어떠한 방법의 실마리도 잡히지 않는다. 아니면 특사? 대한민국 대통령이 223명을 인체 실험으로 죽인 범죄자를 사면시킬 리가 없다. 허접한 독립 영화에서도 그런 설정은 쓰지 않을 거다. 하지만 모든 병을 치료할 수 있는 사람이라면? 무언가 기막힌 계획이 생각날 뻔했지만 금방 톡 하고 터져 버려 사라진다. 그는 한숨과 함께 의자에서 일어나 침대로 간다. 잠시 머리를 식히기 위해 침대 가장자리에 걸터앉아 켜져 있던 TV를 본다. 토크쇼는 계속 진행 중이었고 정치인 최 씨가 화면에 잡히자 박재준 변호사는 채널을 돌린다. 다른 채널에는 뉴스가 나오고 있다. 뉴스 화면에는 이영환의 1심을 진행했던 법원 주변 상황을 찍은 영상이 리포터와 함께 나오고 있다.

박재준 변호사의 눈에 이영환을 죽이고 싶어 하는 사람들이 들어온다. 생각보다 이영환을 거부하고 혐오하는 사람이 너무나도 많다.

"왜 이영환을 죽이냐… 그냥 눈 감고 봐주면 안 되냐? 내 딸 좀 살려 줘라…"

그는 탄식을 내쉬며 고개를 떨군다.

물론 그들이 저렇게 시위를 버렸다고 해서 이영환이 1심 재판 때 사형을 선고받았던 것은 아니었다. 그렇다고 저들이 없었다고 해서 사형을 피했을 것도 아니었다. 하지만 박재준 변호사는 저들이 싫다.

이해할 수가 없다. 저들도 분명 아플 거다. 시간이 흘러 어딘가 다치고 병에 걸린다. 저주가 아니다. 막을 수 없는 냉혹한 현실이다. 그들은 나중에 병상에 누워 죽음이 찾아올 때 이영환의 이름을 외칠 것이다.

다음 소식도 박재준 변호사가 이해할 수 없는 소식이 나온다. 그는 앉아 있던 침대에서 일어나 냉장고로 향한다. 작은 냉장고 속에는 500ml 물병이 2개 들어 있다. 박재준 변호사는 물병 하나를 꺼내 뚜껑을 열고 목에 불이라도 난 듯 벌컥벌컥 물을 마신다.

속이 타들어 간다. 시간은 멈추지 않는다. 지금도 딸은 서서히 죽어 가고 있다.

그는 의자에 앉아 테이블 위에 마시던 물병을 올려놓고 이영환을 꺼낼 방법에 대해서 다시 생각해 본다. 하지만 답이 없다. 불가능이다.

"시발!"

박재준 변호사는 욕설을 내친다. 어떠한 방법도 없다. 그럼 딸은 죽는다. 그는 차라리 이영환이 세상에 나타나지 않았더라면 좋았겠다고 생각한다. 그럼 또다시 딸을 살릴 수 있다는 희망을 마음에 품지 않고 편안하게 딸을 보내 줬을 거다.

그는 피가 날 정도로 머리를 박박 긁는다. 자신의 몸을 감싼 끈적거리는 답답함에 온몸을 찢어 버리고 싶다. 막을 수 없는 짜증이 머릿속에 가득 찬다.

"이영환의 사형 찬성 국민 청원에 참여한 수가 470만 명이 넘어가는 상황에서 정부는 그 어떠한 답변을 내놓고 있지 않았고 국민들은 그런 정부의 대답 회피에 대해 비판의 목소리를 냈습니다. 그런데 드디어 오늘 정부가 공식 답변을 내놓았습니다. 한 번 보시죠."

앵커의 말에 박재준 변호사의 고개가 돌아가며 TV에 시선이 고정된다.

이영환을 살리냐, 죽이냐? 하는 국민 청원에 거의 1,000만 명이 넘는 사람이 참여했다. 하지만 지금까지 정부는 이영환에 관한 국민 청원 답변을 미루다가 이제서야 공식적인 답변을 내놓았다.

"국민분들의 의견을 최대한 고려하며 최선의 방안으로 처리한 것."

이 짧은 한 문장이 지금까지 1,000만 명이 기다려 왔던 정부의 공식 답변이다. 애매모호하다. 정부는 이영환의 죄를 면하여 주겠다는 답변을 하지 않았지만 그를 강력하게 처벌하겠다는 답변도 하지 않았다. 이영환을 꺼낼 수 있는 답의 실마리가 박재준 변호사의 손등을 스친다.

223명을 인체 실험으로 죽인 최악의 살인귀는 당연히 법의 강력한 처벌을 받아야 한다. 하지만 정부는 이영환을 처벌하겠다는 확실한 답을 하지 않았다. 즉 정부는 이영환을 살리고 그의 의학 기술을 얻고 싶어 한다.

"다음 소식입니다. 프랑스에서 대규모 파업…"

뉴스에서 이영환에 관련된 소식은 끝이 났다. 박재준 변호사는 다시 침대로 가서 TV 채널을 돌린다. 아까부터 진행되고 있던 토크쇼는 끝나지 않았고 정치인 최 씨는 아직도 열변을 토하고 있다.

"그래요, 그래! 이영환이 10명이나 고쳤죠? 근데 봤습니까? 본 사람이 있어요? 영상이나 사진도 없어요. 증거가 없다는 말이에요! 뭘 보고 믿어요. 그 사람들의 과거 진단서나 의사 소견서가 이영환이 모든 병을 고칠 수 있는 거랑 뭔 상관이죠? 그것만으로 이영환이 모든 병을 고칠 수 있다는 충분한 증거가 됩니까?"

정치인 최 씨의 말대로 실제 이영환의 수술을 본 사람은 아무도 없다. 이영환에게 공중화장실에서 수술 당한 2명은 같이 마취되어 있었기 때문에 수술을 직접 보지 못했고 나머지 8명도 이영환이 그들을 모두 한 번에 마취시키고 동시에 수술을 진행했기 때문에 아무도 수술을 직접 보지 못했다.

정치인 최 씨의 말이 박재준 변호사의 뇌리에 깊숙이 박힌다. 그의 가슴속을 꽉 막고 있던 답답함과 짜증이 녹아 사라지며 해답의 실마리가 손에 잡힌다. 그는 다시 눈을 감고 집중하기 시작한다.

점점 주변의 소리가 들리지 않고 어떠한 것도 느껴지지 않는다. 곧 최상의 집중 상태에 돌입한다. 몸이 가벼워지고 자신의 심장박동 소리가 들릴 정도로 주변은 고요해진다. 숨이 옅어지고 차분해진다. 자신의 생각이 한 문장의 글귀로 나타나 눈앞에 보인다.

정부는 이영환을 살리고 그의 의학 기술을 받고 싶어 한다. 하지만 왜 그의 죄를 면제해 주겠다고 말하지 않았는가?

이영환이 모든 병을 치료할 수 있다는 확실한 증거가 없다. 하지만 거짓이라는 확실한 증거도 없다. 어떻게 보면 이영환의 의학 기술은 존재하는 것 같고 어떻게 보면 이영환은 사기꾼 같다. 하나 이영환의 의학 기술이 사실이라면 그는 분명 인류에게 필요한 존재이다. 그의 말처럼 인류를 구원할 사람이다. 하지만 지금 이영환의 의학 기술을 확실하게 증명할 방법이 없다. 이영환이 수술한 10명? 아니, 정치인 최 씨의 말과 같이 본 사람도 영상도 사진도 없다. 충분히 조작이 가능하다는 이야기다.

이영환에 대한 확신이 없다.

만약 대통령이 이영환을 사면해 준다면 국내외적으로 엄청난 파장이 몰아닥친다. 거기에다 사면받은 이영환이 사기꾼이라면? 대한민국 정부와 대통령은 그 선택에 대한 역풍을 감당할 수 없다. 나라 전체가 뒤집힌다. 특히나 과거 사형 재집행이 확정되고 유럽연합과의 무역이 완전히 끊길 뻔한 것을 겨우 잡아낸 상황에서 만약 이영환을 사면시켜 줬는데 그가 사기꾼이라면 유럽연합과의 무역 교류는 사라짐과 동시에 여러 국제적 불이익을 받게 된다. 하지만 이영환의 의학 기술이 사실이라면 이 모든 것을 충분히 감당할 수 있음을 넘어 엄청난 국가적 이득으로 돌아온다.

정부에게 이영환에 대한 확신을 심어 준다면 이영환을 꺼낼 수 있다.

박재준 변호사는 최상의 집중 상태 속에서 깨어나고 눈을 뜬다. 완벽한 계획이 만들어졌다. 최선이자 최후에 계획이다.

다음 날 동이 트자마자 박재준 변호사는 구치소로 향한다. 이영환은 졸음이 담긴 하품을 하며 변호사 접견실로 들어온다. 박재준 변호사는 이른 아침이지만 말끔한 카키색 정장에 머리도 잘 정리되어 있다. 그는 이영환이 의자에 앉자마자 서류 가방에서 2장의 종이를 꺼내어 그의 앞에 둔다. 이영환에 대한 사형 찬반 국민 청원 내용과 정부의 답변이 함께 복사된 종이다. 이영환은 하품 때문에 나온 눈물을 대충 쓱 닦아 내고 자신 앞에 놓인 종이 한 장을 든다.

"뭐예요?"

박재준 변호사는 아무 말 하지 않고 들고 있는 종이를 읽어 보라는 손짓을 한다. 이영환은 자신의 손에 들린 종이를 대충 한 번 훑어보고 바로 책상 위에 내려놓는다. 그리고 다른 종이를 들어 읽어 본다. 방금 그가 집은 종이에는 사형 찬성 국민 청원이 복사되어 있다. 이영환은 첫 번째 종이와 달리 유심히 읽어 본다. 동공이 줄을 따라 움직이며 글자를 읽고 있는 게 보인다.

"뭐… 이 내용들은 뉴스를 보고 대충은 알고 있어요. 근데 왜 보여 주는 거예요?"

박재준 변호사는 이영환이 책상에 올려 둔 사형 반대 국민 청원이 복사된 종이를 집어 든다.

"이영환 씨, 청원 내용은 그리 중요한 게 아닙니다. 답변을 보세요.

정부의 답변이 대충 얼버무리고 끝나죠?"

이영환은 어쩌라는 눈빛을 박재준 변호사에게 보내며 들고 있던 종이를 책상 위에 던진다. 박재준 변호사는 이영환의 눈빛에서 자신에 대한 기대감이 없다는 것을 읽었다.

참고 있던 긴장감이 슬금슬금 목을 타고 올라온다. 손이 떨리기 시작한다. 이 순간이 이영환의 변호사로 남을 수 있는 마지막 기회라는 게 가혹할 정도로 잘 느껴진다. 양손에 주먹을 꽉 쥐고 떨리는 손을 감춘다.

"제가 어제 하루 동안 정부가 왜 이런 답변을 내놓았을까? 하고 생각해 봤어요."

"본론만 말해요."

이영환의 날카로운 말이 박재준 변호사를 찌르지만 다 예상한 상황이다. 그는 당황하지 않고 침착하게 긴장감을 달랜다. 목 끝까지 올라왔던 긴장이 서서히 내려가고 손의 떨림도 멈추자 쥐고 있었던 주먹을 푼다.

"제 생각에는 대한민국 정부가 이영환 씨를 살리고 싶어 해요. 모든 병을 고치는 사람인데 살려야죠. 근데 살리겠다고 확답을 못 해요. 왜? 이영환 씨에 대한 확신이 없어서요. 이영환 씨, 지금 기분 나빠 하실 수 있지만 제3자 입장에서는 이영환 씨가 진짜인지 거짓인지 확인할 방법이 없어요."

"그래서 제가 10명을…"

이영환은 한숨을 내쉬며 말을 하다 멈춘다. 박재준 변호사는 검지를 치켜세우고 매서운 눈빛으로 이영환을 노려보고 있다. 자신의 말에 끼어들지 말라는 표시다. 짧은 정적이 흐르고 이영환이 벌렸던 입을 다물자 그는 손을 내리며 다시 말을 이어 간다.

"이영환 씨의 수술을 본 사람은 이영환 씨 말고는 아무도 없어요. 그 어떤 사람도 보지도 못했고 동영상도 없고 사진도 없어요. 준비나 중간 과정도 없이 딱 결과만 보인 상황이에요. 냉정하게 본다면 지금 이영환 씨의 의학 기술은 거짓이 확률이 더 높아요. 하지만 정부는 이영환 씨를 처벌하겠다고 말을 하지 않았어요. 왜냐하면 확실하게 거짓이라는 증거도 없으니까요. 그럼 정부에게 이영환 씨가 진짜 모든 병을 고칠 수 있다는 확신을 주면 정부는 이영환 씨 살립니다. 사면받는 거죠."

이영환은 박재준 변호사의 말에 어느 정도 설득된 듯 한쪽 눈썹을 치켜세운다. 박재준 변호사는 이영환의 표정을 읽었고 점점 말에 여유가 묻어나기 시작한다.

"우선 확신을 받을 방법은 간단합니다. 이영환 씨가 직접 아픈 사람을 수술해서 고치면 되죠. 그리고 그 수술을 정부가 공인하면 됩니다. 수술의 준비 – 과정 – 결과 중 준비와 결과만 보여 줄 겁니다. 이영환 씨가 수술하는 장면만 보여 주지 않겠다는 말이죠. 아픈 사람이 수술실에 들어간 다음 건강해져서 나온다면 이영환 씨의 능력은 인정되는 겁니다. 수술 장면을 보여 주지 않았다고 믿지 않는 사람이 있을 수 있어요. 하지만 저희는 정부의 인정만 받으면 됩니다. 이영환 씨의 의학 기술을 정부가 확신하는 순간 그때는 죽고 싶어도 죽을 수 없어요."

이영환은 팔짱을 끼고 그의 말을 들으며 깊은 생각에 잠기기 시작한다. 박재준 변호사의 숨이 점점 조여온다. 만약 이영환이 자신의 계획을 마음에 들어 하지 않으면 결과적으로 딸은 죽는다.

"무죄는 못 만들겠다는 이야기네요?"

"예."

박재준 변호사는 당당하게 대답은 했지만 방금 이영환의 질문에 심장이 멎을 뻔했다. 지금 여기서 말이 끊기면 안 된다는 알 수 없는 불안감에 그는 마지막 승부수를 던진다.

"제 계획이 마음에 안 드시면 다른 변호사를 찾아봐도 괜찮습니다. 하지만 대한민국 최고 아니, 세계 최고의 변호사를 한 트럭 가져다 부어도 절대로 이영환 씨를 무죄로 만들지 못해요. 무죄는커녕 사형도 피하지 못합니다. 그건 제가 확신하죠."

이영환은 피식 웃는다. 박재준 변호사의 말이 불안한 마음에 던진 승부수라는 것을 바로 파악했다.

박재준 변호사는 이영환의 눈을 피하지 않고 마주 보고 있다. 하지만 이영환의 눈동자 속에 영혼이 빨려 들어가는 느낌이 든다. 마음속으로 전 세계에 존재하는 모든 신의 이름을 애처롭게 부르며 기도한다. 심장은 터질 듯이 쿵쾅거린다. 다른 방법은 없다. 이영환이 자신의 계획을 마음에 들어 해야 한다.

"좋아요! 그럼 몇 가지 질문 좀 할게요. 가장 중요한 수술 자리를 어떻게 잡을 겁니까?"

"내일 기자회견을 열어서 정부에게 이영환 씨의 수술 자리를 마련해 달라고 할 겁니다. 하지만 정부가 이영환 씨의 수술을 허락한다고 해도 공식적인 수술 허락은 2심 재판에서 판사가 해야 합니다. 그래서 2심에서 다시 수술을 요청할 겁니다."

"수술 자리를 못 받아 내면요?"

"이영환 씨가 죽는 걸로 갑시다."

박재준 변호사는 다시 한 번 검지를 올린다.

"수술 자리를 받지 못하면 죽는 걸로 가야 합니다. 정부가 수술 자리를 안 내준다 이 말은 정부가 이영환 씨를 믿지 않는다는 말이에요. 설령 이영환 씨를 믿는다 해도 살리고 싶지 않다는 이야기가 됩니다. 그렇게 재판으로 가면 사형을 피할 방법은 없어요. 그때는 이영환 씨가 말한 최후의 방법도 소용이 없을 겁니다. 그러니까 협박식으로 정부를 강하게 몰고 가야 합니다."

이영환은 뭔가 마음에 들지 않는 듯 입을 오리 부리처럼 삐쭉 내놓

앗다. 박재준 변호사는 겉으로 자신만만한 표정을 짓고 있지만 속에서는 불안과 긴장이 부글부글 끓고 있다.

이영환의 대답이 1초씩 늦어질 때마다 깊은 심해에 빠진 것같이 숨이 막힌다. 자신이 현재 할 수 있는 모든 것을 내놓았다. 이제 이영환의 선택에 달려 있다. 기도한다. 계속해서 기도한다. 신이 있다면…

이영환은 툭 튀어나온 입을 집어넣고 박수를 크게 한 번 친다.

"저는 처음 사람을 수술대에 올렸을 때부터 죽을 각오가 되어 있었어요. 저번에도 말했듯이 저는 죽는 게 무섭지 않아요. 그럼 변호사님 계획대로 가죠. 재미있겠네요."

박재준 변호사의 몸에 힘이 순간 쭉 빠지고, 잊고 있었던 무거운 피로가 몰려온다. 몸을 감싸고 있던 불안과 긴장이 순간적으로 모두 풀려 버렸다. 이영환은 손가락을 튕겨 소리를 내며 박재준 변호사를 자신에게 집중시킨다.

"이제부터 제가 말하는 거 잘 받아 적어요."

구암에서 가장 높이 서 있는 빌딩 1층 로비에 박재준 변호사의 기자회견을 위한 단상이 준비되어 있다. 엄청난 수의 기자들이 빌딩 로비에 꽉 들어차 단상을 중심으로 부채 모양을 만들며 모여 있고, 로비 구석에는 경찰들이 배치되어 있다. 빌딩의 입구는 잠시 경찰이 통제하고 주변에 사람들이 모이기만 하면 모두 해산시킨다. 시위 때문이다. 최근 들어 이영환에 대한 시위 집단의 규모가 상당히 증가했고 시위의 세기도 굉장히 거세졌다. 3일 전에는 이영환 사형 찬성, 반대 시위 집단이 맞부딪히며 시내 한복판에서 난동을 피웠었다. 마치 조직폭력배들이 영역 다툼 패싸움을 하듯 말이다. 놀랍게도 그날 난동을 피운 두 시위 집단에는 아픈 사람이나 이영환 사건의 피해자 유가족은 한 명도 없었다.

기자회견을 시작하겠다고 말한 시각에서 10분이 지나자 드디어 박재준 변호사는 손에 대본 종이를 들고 로비에 모습을 보인다. 그는 단상 위에 올라 목을 가다듬는다. 로비에 있는 모든 기자는 자석에 이끌리듯 단상 주변으로 무식하게 모여든다. 지옥에서 구원을 원하는 망령처럼 녹음기와 핸드폰이 들린 수많은 팔이 이리저리 뻗쳐 엉켜 있다.

박재준 변호사는 허공을 바라본다. 머릿속으로 자신의 생각을 다시 한 번 정리한다. 눈앞에 웃고 있는 딸의 모습이 보이지만 마음속은 오히려 숲속 한가운데에 있는 호수처럼 잔잔하다. 숨을 한 번 크게 들이마시고 카메라를 향해 고개를 숙이며 기자회견을 시작한다.

"안녕하십니까. 현재 이영환 씨가 정부에게 원하는 것이 있어 이 자리에 나오게 되었습니다. 먼저 그것을 말하기 전에 현재 이영환 씨가 완치할 수 있는 모든 질병, 질환을 말씀드리겠습니다. 모든 신체 부위에 발병한 암, 모든 신체적 장애, 모든 유전 염색체 질환, 모든 퇴행성 질환, 모든 성병…"

의학계에 보고된 모든 질병, 질환의 병명을 말하기에는 그 수가 너무나 많기 때문에 일반 시민들이 이해하기 쉽게 정리하여 말한다. 평범한 사람이 일생을 살면서 한 번쯤 겪어 보았을 병, 사람이 나이가 들면 발병 확률이 높은 병, 치료를 위해서라면 엄청난 비용이 필요하거나 성공 확률이 극히 낮은 수술이 필요한 병, 아직 치료 방법이 없는 병 그리고 아예 발병 원인조차 모르는 병까지 모두 말한다. 모든 장기 이식, 신체 접합 수술도 봉제 인형을 꿰매듯 간단하게 다시 붙일 수 있다. 성장이 멈춘 신체를 다시 성장하게 할 수 있다. 성전환도 수술 한 번이면 끝이 난다. 수술 이후 호르몬 조절 약품도 필요 없이 말이다. 이 모든 것이 30분에서 1시간 사이의 간단한 수술로 가능하다고 말한다.

"이영환 씨의 모든 의학 기술을 사용할 수만 있다면 암을 포함한 모든 중증 질환이 발병한 환자는 당일 진료, 당일 수술, 당일 퇴원이 가능하게 됩니다. 현재 질병과 장애로 고통받는 분들은 당장 내일부터 건강하게 살아갈 수 있습니다. 이영환 씨는 가난한 분들이 치료받지 못해 사망하는 일도 원하지 않습니다. 가난한 분들도 부담 없이 치료받을 수 있게 거의 무상에 가까운 치료 비용을 제공할 것입니다. 이제 인류는 질병과 장애에서 벗어날 수 있습니다."

박재준 변호사의 당찬 목소리가 로비에 울려 퍼진다. 그는 말을 끝내고 다시 허공을 바라본다.

이제 되돌릴 수 없다. 누군가 자신을 평생 욕하고 저주해도 좋다. 모든 것을 겸허히 받아들이겠다. 후회는 없다. 아픈 자식을 둔 아버지라면 누구든 자신과 같은 선택을 했을 것이다.

그는 더욱 굳건해진 마음을 가지고 말을 이어간다.

"하지만 이영환 씨의 의학 기술에 대한 확실한 증거가 없습니다. 그래서 대한민국 정부가 공인하는 자리에서 이영환 씨가 직접 아픈 사람을 수술하여 의학 기술을 증명할 수 있도록 요청합니다. 그에 대한 이영환 씨의 조건은 이러합니다.

하나, 대한민국 국민과 다른 나라 그리고 각종 공식 기관이 인정할 만한 정부 기관에서 본인(이영환)의 수술을 공인할 것.

둘, 본인이 수술을 진행하는 장면을 제외한 수술 준비 과정부터 수술 이후 환자의 검사 결과가 나올 때까지의 모든 장면을 끊김 없이 생방송으로 방송할 것.

셋, 본인이 수술을 진행하는 수술실에는 그 어떤 영상 촬영 장비나 녹음 장비가 있으면 안 될 것.

넷, 수술 대상자는 남녀 비율을 같게 맞춰 정부에서 무작위로 선정할 것.

다섯, 본인의 수술을 공인하는 정부 기관은 수술실과 필요한 수술 도구, 의학 도구를 무상으로 제공해 줄 것.

여섯, 수술이 성공한다면 정부는 본인의 죄를 사면해 줄 것 그리고 본인은 사면 즉시 수술에 사용되었던 의학 기술을 공개하고 매년 새로운 의학 기술을 대한민국에만 우선적으로 공개할 것.

일곱, 만약 2심 재판 때까지 수술할 수 있는 기회를 제공받지 못한다면 본인은 스스로 목숨을 끊을 것.

위의 조건 사항은 그전에 발표했던 조건 사항과 연관이 있음을 말씀드리며 기자회견 마치겠습니다. 질문은 받지 않겠습니다."

박재준 변호사는 말을 끝내고 카메라를 향해 고개를 숙여 마무리 인사를 한 후 바로 단상에서 내려간다.

기자들의 질문 소리가 폭발해 온다. 카메라가 저리로 튀고 녹음기가 이리로 떨어진다. 경찰들이 소리 지른다. 당장 한 명이라도 넘어진다면 압사할 수 있는 상황이다. 마치 재난이라도 난 것 같다. 카메라 셔터 소리는 얼마나 많이 들리는지 적군을 막는 기관총 같은 소리를 낸다. 박재준 변호사는 반쯤 뛰는 듯한 빠른 걸음으로 건물 안으로 들어가 사라진다.

장동훈 검사는 동료 검사와 함께 검찰청 앞 한식당에 있다. 오늘 그들의 점심 식사 메뉴는 생선구이 정식이다. 두 검사가 주문한 생선

구이가 김을 모락모락 풍기며 식탁 위에 놓아져 있지만 두 검사 중 그 누구도 식탁 위에 올라온 음식에 관심이 없다. 다른 테이블도 마찬가지로 식탁 위에 음식이 가득 올라와 있지만 식사를 안 하고 있다. 주방에 있던 식당 이모도 주방에서 나왔다. 지금 이 식당에 있는 모든 사람은 전부 최면이라도 걸린 듯 TV만 보고 있다.

[안녕하십니까. 현재 이영환 씨가 정부에게 원하는 것이 있어 이 자리에 나오게 되었습니다.]

장동훈 검사는 TV 화면을 뚫을 듯한 강렬한 눈빛으로 시작한 기자회견에 집중한다.

식당 안은 빈 테이블 없이 사람이 꽉 차 있지만 작은 말소리 하나 들리지 않는다. 아무도 밥 한 숟갈 뜨지 않는다. 저 창가 쪽에 앉아 있는 어린아이 혼자만 숟가락을 들고 밥을 먹고 있다.

[이영환 씨의 모든 의학 기술을 사용할 수만 있다면 암을 포함한 모든 중증 질환이 발병한 환자는 당일 진료, 당일 수술, 당일 퇴원이 가능하게 됩니다. 현재 질병과 장애로 고통받는 분들은 당장 내일부터 건강하게 살아갈 수 있습니다.]

이영환이 사회로 나온다면 천국이나 유토피아 같은 세상이 현실이 된다는 말이다. 놀랍게도 영화나 소설 속 세계관을 설명하는 것이 아니다. 모든 말이 거짓이 하나도 묻어 있지 않은 진실이다.

주방 밖으로 나와 TV를 보고 있는 식당 이모는 눈물을 삼킨다. 그녀는 안 아픈 관절이 없고 고혈압 때문에 한평생을 약과 함께 살고 있다. 하지만 이영환이 풀려나 의학 기술을 공개한다면 몸에 아픈 곳 하나 없이 다시 건강하게 살아갈 수 있다.

[일곱, 만약 2심 재판 때까지 수술할 수 있는 기회를 제공받지 못한다면 본인은 스스로 목숨을 끊을 것. 위의 조건 사항은 그전에 발표했던 조건 사항과 연관이 있음을…]

"지랄한다…."

장동훈 검사는 기자회견이 끝나자 욕설이 담긴 혼잣말을 내뱉는다. 기자회견이 끝나서야 사람들은 TV에서 눈을 떼고 멈췄던 식사를 시작한다. 식당에는 사람들의 말소리로 가득 차고 식당 이모도 주방으로 들어간다. 이곳은 다시 평범한 식당으로 돌아왔다. 동료 검사는 잠시 TV를 보기 위해 돌렸던 몸을 다시 식탁 쪽으로 돌려 앉고 장동훈 검사와 함께 식사를 시작한다.

기자회견이 끝난 TV에는 뉴스가 시작된다. 이영환과 아무런 상관이 없는 청소년 보호구역에서 일어난 교통사고 소식이다. 주변 공사장에서 나온 덤프트럭이 자전거를 타고 가던 초등학생을 친 것인데 식당에 있는 사람들은 아무도 이 소식에 관심을 가지지 않는다. 장동훈 검사조차 신경을 쓰지 않고 식사하고 있다.

각 테이블에서는 이영환에 대한 이런저런 소리가 들려온다. 누구는 이영환을 살려야 하고 누구는 이영환을 죽여야 한다고 말하지만, 장동훈 검사의 귀에는 이영환을 살려야 한다는 소리만 걸린다. 그는 미간을 구기고 동료 검사에게 질문을 던진다.

"병종아, 이영환 수술할 것 같냐?"

동료 검사는 국을 떠먹던 숟가락을 한 번 쪽 빨고 그 숟가락으로 장동훈 검사를 가리킨다.

"야, 여기서 검사 배지 달고 그런 이야기를 어떻게 하냐. 나중에 술 먹을 때 따로 이야기하자. 밥부터 먹어."

동료 검사는 작은 목소리로 속삭이듯 말한다.

장동훈 검사는 주변을 둘러본다. 다들 두 검사에게 아무런 관심이 없어 보이지만 동료 검사의 말을 듣고 나니 누군가 자신을 감시하는 듯하다.

최근 들어 이영환의 사형을 찬반 하는 두 연대는 서로의 뒷조사를 하기 시작했다. 그들은 서로에게 사소한 것이라도 불이익을 줄 수 있다면 모두 언론에 까발리고 있다. 그래서 이 식당에 장동훈 검사를 뒷조사하는 사람이 숨어 있을 수도 있다. 이런 사람 많은 곳에서 장동훈 검사나 동료 검사가 이영환에 대해 말 한 번 잘못했다가는 언론에 좋지 못한 이유로 얼굴이 오를 수 있다. 장동훈 검사는 동료 검사의 말에 인정하며 조용히 밥을 먹는다.

장동훈 검사는 동료 검사와 점심 식사를 마치고 홀로 담배를 피우고 있다. 그는 이영환을 처음 만나고 '왜 사람들은 이영환을 살리고 싶어 할까?'라는 질문을 매일같이 생각해 봤다. 질문의 답에는 여러 복잡한 이유가 있다. 자신의 가족이 병으로 죽고 자신이 장애로 고통받고 또 누군가는 미래에 아플 것이다. 그것은 운명이다. 현대에 의학 기술이 많이 발전했다고 하지만 아직도 치료하지 못하는 질병은 셀 수 없이 많다. 인류는 아직 질병과 장애를 정복하지 못했지만, 이영환은 홀로 질병과 장애를 정복했다. 인류는 그의 의학 기술이 필요하다. 이영환을 살려야 한다고 말하는 사람들을 이해한다. 단지 인체 실험으로 가족을 잃는 유족들을 위해서 이영환을 죽여야만 한다는 용사의 사명감이 타오를 뿐이다.

장동훈 검사는 담배 한 개비를 더 피우고 자신의 사무실에 들어간다. 사무실에 들어가자 자신의 책상 위에 편지가 한가득 쌓여 있는 것이 보인다. 그리고 책상 주변에는 여러 크기에 소포가 피라미드 모양으로 쌓여 있다. 그는 산처럼 쌓여 있는 편지와 소포를 보고는 갑자기 피곤이 올라오며 눈썹을 긁는다.

1심 재판이 끝나고 장동훈 검사의 신상이 털렸다. 전화번호나 집

주소 그리고 구암 검찰청에 어떤 사무실을 사용하는지까지 모두 알려진 이후 그의 사무실에는 매일 엄청난 양의 편지와 소포가 도착하기 시작했다. 장동훈 검사는 가뜩이나 할 일도 많은데 이런 쓸데없는 것까지 처리해야 되니 요즘 스트레스가 이만저만이 아니었다. 그는 의자에 앉아 책상 위에 한가득 쌓여 있는 편지 중 눈에 띄는 파란색 편지를 뜯어본다.

"존경하는 검사님께, 저희 아들이 2살 때부터 암에…"

그는 편지를 시작하는 첫 문장도 끝까지 읽지 않고 편지를 내려놓는다. 그리고 다음 편지를 뜯는다.

"저희 어머니께서…"

편지를 닫고 던진다. 다음 편지를 뜯는다.

"저는 태어나서부터 귀가 들리지 않습니다…"

이번에는 편지를 구겨 던진다.

장동훈 검사는 더 이상 편지를 뜯어보지 않고 자리에서 일어나 사무실 구석에 있는 커다란 빈 종이 상자를 들고 온다. 어제부터 그가 자신에게 도착한 편지를 한꺼번에 버리기 위해 직접 준비한 종이 상자다. 그는 책상에 있는 모든 편지를 상자 안으로 쓸어 담으며 피곤한 한숨을 쉰다. 어젯밤에는 돈은 달라는 대로 줄 테니 이영환 좀 어떻게 꺼내 달라는 전화가 그를 괴롭혔다. 물론 그런 전화가 처음은 아니었다. 그때 수사관이 걸어와 편지가 가득 든 종이 상자 앞에 쪼그려 앉고 장동훈 검사가 뜯어 보지 않은 편지 한 통을 뜯어 읽어 본다.

"장 검사님, 이거 다 어제처럼 그냥 버립니까?"

"제가 나중에 버리겠습니다."

장동훈 검사는 대답할 힘도 없는 듯 말을 대충 휘갈기며 두통과 함께 몸을 의자에 기대어 눕는다.

"수사관님, 왜 저한테 지랄일까요? 판사한테 가야지…."

수사관은 읽던 편지를 상자 안에 던지고 소포 몇 개를 편지 위에 쌓는다.

"그야… 검사니까? 충분히 중요한 역할이시니까 이분들이 이러는 거 아니겠습니까? 지금 아픈 분들은 물불 가릴 때가 아니죠. 할 수 있는 건 모든 할 겁니다. 장 검사님이 이 정도인데 판사는 어떻겠습니까?"

수사관은 익살스럽게 말을 끝마치며 상자를 들고 편지와 소포를 비우기 위해 사무실 밖으로 나간다.

"내가 버린다니까…."

그도 자신에게 편지와 소포를 보내는 사람들의 심정을 이해하지 못하는 것이 아니다. 오히려 공감한다. 상황은 달랐지만, 자신도 어릴 때 누군가의 절실한 도움이 필요했다. 만약 그때 누군가 자신의 부모를 죽인 범인을 대신 죽여준다면 그 누군가에게 찾아가 뭔 짓이든 했을 것이다. 그래도 지금 같은 상황은 짜증이 난다.

장동훈 검사는 의자에 기댔던 몸을 일으킨다. 편지가 치워져 있는 책상 위에는 사건 서류로 가득 덮여 있다. 편지가 올려져 있던 게 더 깨끗해 보였다. 피곤이 배가 되어서 올라온다. 그는 다시 지끈거리는 두통과 함께 의자에 몸을 눕힌다.

장동훈 검사는 한참 일에 열중하다 손목에 감긴 시계를 본다. 오후 6시가 살짝 넘어갔다. 책상 위에는 사건 서류가 잔뜩 뒤엉켜 있다. 마치 태풍이 책상을 한 번 뒤집고 간 것처럼 말이다. 그는 대충 서류들을 깔끔하게만 보이도록 쌓아 놓고 사무실을 나간다. 어차피 책상은 내일 다시 더러워진다.

검찰청 건물 앞에는 동료 검사가 핸드폰을 만지며 장동훈 검사를 기다리고 있다. 장동훈 검사는 급히 건물에서 나와 핸드폰을 보고 있는 동료 검사의 어깨를 툭 치고 흡연장으로 간다. 동료 검사는 늦게 나온 그에게 투덜거리며 함께 흡연장으로 간다.

흡연장에서 두 검사는 이런저런 이야기를 나눈다. 이 시간 가장 중요한 이야기는 오늘 저녁에 술과 함께 무엇을 먹을지를 정하는 것이다. 장동훈 검사는 이영환 때문에 바쁘긴 해도 술 한잔할 여유쯤은 있다. 그리고 누군가 사 주는 술을 거부할 수는 없었다. 그들이 오늘의 저녁 메뉴를 정하고 농담을 하나씩 던지면서 담배를 반쯤 태웠을 때 한 중년의 여성이 딸로 보이는 어린 소녀의 손을 잡고 그들에게 다가온다.

어린 소녀는 옷을 겹겹이 입고 있음에도 빼빼 말라 있는 것이 보인다. 머리에는 비니를 쓰고 있고 피부는 하얗다 못해 창백하다. 한눈에 보더라도 저 어린 소녀가 아프다는 걸 알 수 있다.

소녀의 어머니는 장동훈 검사에게 점점 가까이 다가온다. 손에는 비싼 명품 로고가 박혀 있는 종이 가방이 들려 있다. 어머니가 입고 있는 옷을 대충 보아도 전부 비싼 옷이다. 어느 정도 돈이 있는 사람이라는 뜻이다.

동료 검사는 측은한 눈빛으로 어머니와 어린 소녀를 훑어보고 한 발자국 뒤로 숨는다.

1심 재판이 끝나고 장동훈 검사를 찾아오는 사람은 한두 명이 아니었다. 저번에는 휠체어를 탄 한 남성이 검찰청 앞에서 장동훈 검사가 출근할 때까지 기다렸다. 물론 그에게 좋은 소리는 듣지 못했다.

장동훈 검사는 담배 한 모금을 깊게 빨아들이고 고개를 들어 하늘에 담배 연기를 내뱉는다. 그리고 어머니에게 더 이상 다가오지 말라는 뜻으로 팔을 앞으로 내민다. 허연 담배 연기는 노을이 번진 하늘에 옅게 퍼진다.

"어머니, 가세요."

"아이고~ 검사님, 그러지 마시고 잠시 시간 좀 어떻게 되시나요?"

"저한테 오지 말고 판사한테 가세요."

그리고 그는 손가락으로 어머니의 손에 들려 있는 명품 종이 가방을 가리킨다.

"그리고 어머니, 이런 거 걸리면 같이 저희 감옥 가는 거예요. 빨리 돌아가세요."

장동훈 검사는 말과 함께 다 피우고 꽁다리만 남은 담배를 재떨이에 버린다. 어린 소녀는 흡연장과 어느 정도 거리가 있는 곳에 홀로 서 있다. 장동훈 검사는 의도치 않게 멀찍이 서 있는 소녀와 눈이 마주친다. 소녀는 그에게 이를 모두 보이며 장난스럽게 웃는다. 그리고 소녀의 웃음이 그의 눈에 비친다.

"검사님, 그게 아니고…"

어머니는 포기하지 않고 가식적인 미소를 지으며 장동훈 검사에게 달라붙는다. 그는 그녀의 말을 흘려들으며 정장 재킷의 가슴 주머니를 뒤적거린다. 그리고 주머니에서 사진 1장을 꺼내어 소녀의 어머니에게 보여 준다. 사진은 노을 역광에 비춰 잘 보이지 않았고 어머니는 눈을 찌푸리며 사진에 얼굴을 가까이 댄다. 그 사진은 이영환 사건의 어린 피해자 사진이다. 사진을 본 어머니는 비명을 지르며 고개를 돌린다.

"저를 찾아오는 사람마다 보여 주는 사진인데, 이 사진 속 아이가 3살짜리 남자아이예요. 어머니는 따님을 이렇게 보내시면 이영환 찢어 죽이고 싶을걸요? 이 아이의 아버지는 이영환을 진심으로 죽이고 싶을 거예요. 그래서 제가 도와주려고요. 검사가 도와줘야지, 다른 사람이 뭐하겠습니까?"

장동훈 검사는 사진을 다시 가슴 주머니에 넣으며 서늘할 정도에 차분한 말투로 어머니에게 말한다.

어머니는 계속된 비명을 지르며 빠르게 뒷걸음친다. 장동훈 검사는 새로운 담배 한 개비를 꺼내 입에 물고 어머니에게 빨리 돌아가라는 뜻으로 공중에 손을 휘적거린다. 그리고 또 의도치 않게 어린 소녀가 보인다. 소녀는 쪼그려 앉아 바닥에 깔린 벽돌이 신기한 듯 손끝으로 만지고 있다. 어머니의 날카로운 비명에도 아무 반응이 없다. 그리고 어머니는 쪼그려 앉아 벽돌을 만지고 있는 소녀의 손을 조심스럽게 잡아 일으켜 검찰청 밖으로 나간다. 어머니는 다급하게 걸어가는 듯해도 느릿느릿한 소녀의 걸음걸이에 발을 맞춘다. 다행히 소녀의 어머니는 생각보다 장동훈 검사를 끈질기게 괴롭히지 않았다.

"또 그 사진이냐? 보여 줄 게 따로 있지, 여성분한테 그딴 걸 보여 주냐?"

뒤에서 숨어 있던 동료 검사는 한 발자국 앞으로 나와 장동훈 검사의 등을 손바닥으로 밀치며 말한다.

"다른 사진이다."

장동훈 검사는 담배에 불을 붙이고 노을 속으로 걸어가는 어린 소녀를 바라본다. 분명 저 어린 소녀는 많이 아프다. 병을 이기지 못하고 하늘로 가거나 평생을 아픔 속에서 살아갈 것이다. 병명은 모르지만, 이영환은 저 소녀를 치료할 수 있다. 이영환은 저 아이의 마지막 희망이다. 어린 소녀는 223명을 죽인 악마 같은 살인자가 자신을 구원해 줄 유일한 사람인 것을 알까?

이영환은 역시 살아야 하는 존재인 건가?

이 한 문장의 질문이 장동훈 검사의 머릿속에 담배 연기처럼 뿌옇게 차오른다. 그렇다고 지금 그가 어떠한 감정을 느끼고 있는 것은 아니다. 그냥 담배 하나 더 피우고 싶을 뿐이다.

장동훈 검사와 동료 검사는 담배를 하나 더 피운 뒤 고급 소고기 식당에 도착한다. 식당 문을 열자 韓牛(한우)라는 단어가 박혀 있는 금색 황소 동상이 그들을 반긴다. 식당은 고급스러운 목조식 한옥 인테리어로 꾸며 마치 타임머신을 타고 조선 시대로 온 듯하게 한다.

"어서 오세요~ 성함 한 번 여쭤보겠습니다."

카운터에 있는 종업원이 식당에 들어온 두 검사에게 예의 있고 발랄한 목소리로 인사를 건넨다.

이 식당은 오직 예약 식사로만 운영되는 구암시에서 가장 비싼 소고기집이다. 장동훈 검사는 이런 곳에 올 정도로 돈이 많은 편이 아니다. 잘사는 집안이 아니었고 검사가 높은 월급을 받는 직업도 아니다. 하지만 그가 이런 비싼 식당에 올 수 있었던 이유는 돈이 많은 동료 검사 때문이다. 이유는 모르지만, 그는 장동훈 검사를 굉장히 마음에 들어 했고 가끔 그를 비싼 식당에 데려가 밥과 술을 사 주는 것을 좋아했다.

두 검사는 식당 종업원의 안내를 받으며 2층으로 올라가 종업원이 문을 열어 주는 방 안으로 들어간다. 검붉은색 목조 식탁이 방 가운데에 있고 벽면에는 분홍색 벚꽃이 화려하게 핀 아름다운 방이다. 그들은 양복 재킷을 벗어 벽면 옷걸이에 걸고 식탁에 앉는다.

"정부가 이영환 수술시킬 것 같냐?"

장동훈 검사는 아까부터 참고 있던 질문을 내뱉는다.

"모르지, 너는 백 의원님에게 들은 거 없어?"

동료 검사는 외제 차 키와 핸드폰을 꺼내 식탁 위에 올린다. 장동훈 검사는 의자의 몸을 기대고 팔짱을 낀다.

"없어, 오늘 점심에 일어난 일인데 뭘 했겠냐. 병종아, 너 생각에는 정부가 이영환 수술시킬 거 같냐?"

"음…"

동료 검사도 팔짱을 끼며 곰곰이 생각한다.

"솔직히 223명을 죽었잖아? 암만 완치할 수 있다고 해도 세상이 난리가 나거든? 근데 오늘 그 변호사 새끼가 말하는 거 보니까 이영환이 진짜 모든 병을 고칠 수 있더구먼… 그럼 수술시키겠지?"

"그럼 이영환에게 수술 자리를 준다는 게 사면해 준다는 이야기랑 같은 건데 시발, 나라에서 223명을 죽인 새끼를 처벌도 안 한다고 그냥 내보낸다고? 그럼 뭐 합법이든 불법이든 좆같은 짓 다 해 버리고 큰 거 하나 개발한 다음에 이영환처럼 하면 풀려나겠네?"

"몰라~ 왜 나한테 짜증이세요."

순간 서로 말을 멈춘다. 장동훈 검사는 뻘쭘하게 한 손을 들고 갑자기 짜증을 낸 것에 대한 사과의 뜻을 보낸다. 동료 검사는 그의 손짓이 귀여운 듯 실실 웃는다.

장동훈 검사는 박재준 변호사의 기자회견을 보고 이영환이 풀려나갈 수 있다는 가능성을 보았다. 그리고 그는 이영환이 정말로 모든 병을 치료할 수 있다고 믿는다. 그럼 이영환이 수술을 받아 내기만 한다면 법적 처벌을 피하고 인류의 구원자가 된다. 하지만 그런 결과는 장동훈 검사의 계획에 없다.

"잠시 들어가겠습니다."

노크 소리와 함께 방문이 열린다. 두 검사는 입을 다물고 가만히 있는다. 종업원은 방 안으로 들어와 각 검사 앞에 개인 화로와 소고기가 담긴 접시를 둔다.

"식사 맛있게 하십쇼. 필요한 거 있으시면 옆에 벨 눌러 주시면 됩니다."

종업원은 예의 있는 말과 함께 방문을 조심스럽게 닫고 나간다. 동료 검사는 휘파람을 불며 마블링이 가득한 선홍빛 소고기 한 점을 자신의 화로 위에 올린다.

"이영환이 외국인도 죽였는데 그 사람들 모국에서는 아무 말도 없어. 미국이나 다른 강대국들도 마찬가지고 유럽 정도가 뭐라 하더라. 이거 왜 그런지 알아? 이영환의 의학 기술이 사실이면 그 기술의 파워가 감히 다른 나라가 우습게 볼 수 없는 수준이거든. 그래서 정부는 이영환을 살리고 싶어 해. 하지만 그 새끼의 의학 기술이 확실하다는 증거가 없어. 근데 갑자기 오늘 의학 기술을 증명하고 싶으니까 수술 자리를 달라고 하네? 거기다 대한민국에만 우선적으로 의학 기술 공개? 정부 입장에서는 땡큐지."

말을 끝낸 동료 검사는 화로에 올렸던 소고기를 젓가락으로 집어 입에 넣는다. 소금이나 어떠한 부재료는 곁들이지 않는다. 그는 입에 들어간 소고기가 굉장히 맛있는지 눈을 감고 고기의 맛을 음미한다.

이영환이 수술에 성공하고 사면받아 풀려난다면 그는 수술에서 사용되었던 의학 기술을 즉시 발표하고 매년 새로운 의학 기술을 공개할 것이다. 대한민국이 우선적으로 의학 기술을 제공받는다고 해도 언젠가 모든 나라와 기업, 병원은 그의 의학 기술을 제공받아 사용할 수 있다. 하지만 첫 번째 조건 사항의 4번째 항목이 '자신을 비난하거나 무시하는 나라 혹은 기업에게 절대로 자신의 의료 기술을 제공하지 않을 것'이라는 내용이다. 그 문장 하나 때문에 다른 나라들이 함부로 이영환을 비판하지 못하고 있다. 인권을 중요시하는 유럽의

몇몇 나라를 제외하고 말이다.

"그럼 병종아. 너에게 선택권이 있다면 이영환 살릴 거냐, 죽일 거냐?"

장동훈 검사는 화로의 소고기 한 점을 올리며 말한다.

"니 앞에서 이런 말 하기 좀 그렇지만, 나는 당연히 살리지. 너도 알잖아? 사촌 동생 루게릭이다. 의사가 이제 3년 정도 남았다는데 이영환이 루게릭도 고친다며? 살려야지….'"

동료 검사의 억양이 한층 낮아진다. 장동훈 검사는 그의 말에 고개를 끄덕인다. 동료 검사의 입장을 이해한다.

"그럼… 너 눈에는 내가 악당으로 보이냐?"

장동훈 검사는 동료 검사의 눈을 마주 보며 감정이 조금 들어간 질문을 던진다. 동료 검사는 분위기가 갑자기 이상해지자 뜬금없이 웃음을 터트린다.

"뭘, 니가 악당이냐? 그냥 검사 일 하는 거지. 나도 너 사연 알고 있잖아. 뭐, 악당이고 영웅이고 그런 게 어디 있냐! 다 각자 얽힌 사연이 다른 거지."

장동훈 검사는 고개를 끄덕인다. 그의 말에 공감한다.

요즘 이영환 때문에 숨겨 둔 감정이 제멋대로 튀어나온다. 병종의 말대로 그저 각자 다른 사연을 가지고 있는 것뿐인데 말이다.

'이영환의 의학 기술 팝니다' 100억대 사기범 검거

서울 중부 경찰서는 이영환의 의학 기술을 찾았다고 주장하며 사기를 벌인 허 씨를 검거했다고 밝혔다.

허 씨는 지방에서 생활하며 돈 많은 노부부들을 찾아가 "내가 이영환의 의학 기술을 찾았으니 기술 하나당 5억에 팔겠다"라고 말해 100억 상당의 금액과 물품을 받아 낸 혐의를 받고 있다. 현재까지 알려진 피해자는 총 23명이며…

.

.

.

허 씨 외에 이영환의 의학 기술을 이용해 사기 행각을 벌여 검거된 인원만 현재까지 10명이 넘는다.

경찰은 누군가 이영환의 의학 기술이나 그에 관련한 물건을 팔겠다며 접근해 오면 절대로 금전이나 물품을 지불하지 말고 즉시 경찰에 신고할 것을 당부했다.

동 총 원주신문 wlrma12@tkatlq.tkqqns

4장

심연의 망각

뉴스가 끝나고 토크쇼가 시작된다. 오늘의 게스트는 과거 이영환의 친한 지인이었다고 주장하는 남성이다. 그는 현재 흉부외과 인턴으로 일하고 있으며 A 대학교 의대에서 이영환과 2년 정도 같이 지냈다고 자신을 소개했다. 그는 이영환이 모든 병을 치료할 수 없고 그가 직접 수술해 치료했다고 말하는 10명 모두 그와 같은 편이라고 주장한다. 그의 자세한 주장은 이영환과 10명은 원래 정보국 소속 연구원이었고 그들은 지금까지 신원 확인이 어려운 민간인들을 납치해 인체 실험을 해 왔다고 한다. 그리고 인체 실험에 대한 비밀이 유출되자 정보국은 인체 실험의 모든 책임을 이영환 혼자 뒤집어쓰게 만든 것이라고 말했다.

"지금까지 설명해 주신 주장을 간단히 정리하자면 이영환과 10명은 같은 연구원이었고 정보국에서 진행한 인체 실험을 이영환 혼자 뒤집어쓴 것이라는 말이죠?"

토크쇼 진행자가 그에게 질문을 한다.

"예! 그렇습니다."

남성은 당당하게 대답한다.

"그럼 그에게 치료받은 10명의 사람들 전부 각자 사는 곳, 직업, 나이가 모두 다르고, 조작되지 않은 과거 진단서까지 있습니다. 그리고 장애인이셨던 분들은 장애인 단체 등록 기록과 평생을 치료받았던 기록까지 있는데 어떻게 그분들이 정보국 소속 연구원이라고 말씀하시는 거죠?"

"모든 것이 조작 가능합니다. 지금부터 설명해 드리죠."

그는 직접 조사해 온 자료들을 꺼내어 설명하기 시작한다. 간단하게 정리하자면 그 10명의 사람은 각자의 거짓 진단서를 만들어 과거에 작성된 것처럼 짜깁기했다는 말인데 그의 말을 다 듣고 나면 정말로 이영환과 10명이 사기꾼처럼 생각된다.

"그럼 이영환은 지금 왜 정부에게 수술 자리를 마련해 달라는 겁니까? 그가 유출된 기밀의 책임을 모두 떠안고 홀로 처벌받아야 하는 연구원이라면 그냥 조용히 넘어가야 하지 않습니까?"

그는 진행자의 질문에 답변했지만 이번에는 납득하기 어려운 대답을 내놓았다. 거의 잠꼬대에 가까운 말이었다. 이 토크쇼를 보고 있던 박재준 변호사는 남성의 답변을 듣고 어이가 없다는 듯 비소를 머금으며 침대에서 일어난다. 그리고 테이블로 가 의자에 앉지만, 막상 할 것은 없다.

그는 20년 정도 변호사 일을 하면서 수많은 사건을 맡아 왔다. 그 중에서 이번 이영환 사건이 전 세계적으로 가장 큰 화제를 몰고 있는 사건이다. 하지만 사건의 화제성과는 반대로 재판에 대한 준비는 거의 없다고 봐도 될 정도다. 정부에게 수술 요청을 한 지금 재판의 준비는 의미가 없다.

사회는 점점 어지러워지고 있는 상황에서 정부는 이영환의 수술에 대한 어떠한 입장도 내놓고 있지 않다. 박재준 변호사는 인맥을 통해 아는 기자들이나 정치권 사람들에게 모두 전화를 돌려 보았지만, 그들도 아는 것은 없었다. 정부는 극비리로 이영환의 수술을 토의 중이거나 수술 요구를 완전히 무시하고 있다.

박재준 변호사는 기지개를 쭉 켜며 앉아 있는 의자에 몸을 늘어트린다. 모든 상황이 답답한데 그가 할 수 있는 일은 없다.

1심 재판 이후 몇몇 사람이 연락해 왔다. 그리고 전국에 얼굴을 공개하며 기자회견을 하고 난 후에는 엄청난 사람들이 그를 도와주겠다고 찾아왔다. 음식과 각종 필요한 물건을 지원해 주겠다는 사람, 원하는 만큼의 돈을 보내 주겠다는 부자, 유능한 변호사들을 붙여 주겠다는 대형 법률사무소까지 말이다. 그리고 각종 소규모 모임들이 도와준다고 연락했으나 모두 거절했다. 누가 도와준다고 이영환이 풀려날 수 있는 것이 아니었다. 괜히 의미 없는 도움을 받아 봤자 나중에 문제만 생길 뿐이었다.

박재준 변호사는 의자에 늘어트렸던 몸을 일으키고 TV를 보기 위해 침대로 간다. 리모컨을 들고 거의 다 끝나가는 토크쇼를 넘겨 다른 채널에서 진행 중인 뉴스를 본다. 역시나 이영환 관련 소식이다. 커다란 광장에 사람이 잔뜩 모인 장면이 나온다. 모두 하얀색 천을 이마에 묶고 있다. 하얀색 천에는 빨간 글씨로 '이영환 처형'이라고 강렬하게 박혀 있다. 한 중년 남성은 자신의 키보다 큰 깃발을 휘두르고 있다. 깃발에 '학살자 이영환! 사형 속결!'이라는 글씨가 대문짝만하게 그려져 있다. 그리고 사람들은 이영환의 얼굴 사진이 붙어 있는 짚인형을 불태운다.

박재준 변호사의 표정에는 암울함이 감긴다.

현장 리포터는 아까 깃발을 힘차게 휘두르던 남성을 붙잡고 인터뷰를 진행한다.

"이영환은 대한민국이 수립되고 찾아볼 수 없는 희대의 사이코패스입니다! 학살자라고요! 저희가 왜 사형 제도를 다시 부활시켰습니까? 이영환 같은 놈들 잡아다가 죽이라고 찬성한 겁니다!! 만약 대통령이 이영환을 사면시켜 준다면 그것은 대한민국 헌법을 무시하는 행위이고 국민을 배반하는 행위입니다!"

남성은 분노가 담긴 소리를 친다.

리포터는 또 다른 시위 인원을 붙잡아 인터뷰를 진행한다. 40대 여성이다.

"223명입니다! 223명! 아무리 모든 병을 고칠 수 있다고 해도 그렇지, 어떻게 223명을 죽입니까?! 저는 곧 죽어도 그 새끼한테는 치료 안 받을 겁니다! 정부는 당장 이영환을 사형시키십쇼!!"

그다음 화면은 부부로 보이는 중년의 남녀 한 쌍이 아스팔트 바닥에 주저앉아 펑펑 울고 있는 모습을 보여 준다. 이영환에게 13살 딸을 잃은 부부다. 그리고 과거에 그 부부와 딸이 함께 찍은 사진이 나온다. 아빠의 등에 업혀 웃고 있는 소녀의 모습이 박재준 변호사의 눈에 들어온다.

'이영환이 내 딸을 죽였다면…'

박재준 변호사는 순간적으로 떠오른 쓸데없는 생각을 버리고 빠르게 채널을 돌려 다른 뉴스를 본다. 이영환을 신으로 모시는 종교, 이신교에 관한 뉴스가 나온다. 이신교의 교주가 이영환의 사면을 명목으로 불법적인 헌금을 모으고 있다는 제보와 함께 교주에게 성폭행 당했다는 여성들의 신고가 들어와 경찰이 출동했다는 내용이다. 출동한 경찰들이 이신교 건물 근처에 접근하자 교원들이 떼거리로 나와 경찰을 막아선다. 그리고 한 교원이 그 상황을 촬영하는 방송국 기자를 발견하고 그에게 카메라를 치우라며 소리를 지른다.

"현재 이신교에서 불법적인 방법으로 거둬들인 헌금은 120억 원

정도입니다. 그리고 교주에게 성적인 학대를 당했다는 여성은 총 5명이며… 그리고 오늘로부터 2일 뒤인 수요일에 이신교 교원들은 이영환의 사면을 요구하는 대규모 시위를 벌일 것을 발표했고 경찰은 그 시위에 대응하는…"

박재준 변호사는 한숨을 쉰다. 이영환 때문에 사회가 망가지고 있다.

이영환은 역시 죽어야 하는 존재인 건가?

이 한 문장의 질문이 그의 머릿속에 피어났다. 하지만 고개를 젓는다.

"이영환은 절대로 죽으면 안 되는 분이다. 신 같은 존재이다. 죽음에서 딸을 구원해 주고 다시 행복한 가족으로 만들어 줄 대단한 분이다."

박재준 변호사는 눈을 감고 기도문 같은 자신의 생각을 되뇐다.

쾅! 쾅! 쾅!

누군가 박재준 변호사의 호텔 방문을 강하게 두드린다. 그는 배달 음식을 시키지 않았고 호텔 서비스도 신청하지 않았다.

쾅! 쾅!

문이 부서질 듯한 소리와 함께 누군가 문밖에서 웅얼거리고 있다.

박재준 변호사는 앉아 있던 침대에서 일어나 발소리를 최대한 숨기며 문 앞으로 간다.

누군가 자신을 찾아왔다면 분명 도움을 주기 위해 찾아왔을 것이다. 만약 나쁜 목적과 함께 찾아왔다고 해도 누가 변호사를 건드리겠는가? 하지만 이유 모를 불안함이 느껴진다.

그는 잠시 문 앞에 멈춰 문을 열지 않고 가만히 서 있는다. 확실히 문밖에 인기척이 느껴지지만, 슬며시 문을 열어 본다. 한 남성이 문 앞에 서 있다. 얼굴만 보았을 때 남성은 50대로 보인다. 펑퍼짐한 회색 점퍼에 낡은 카키색 면바지를 입고 있다.

"변호사 선생님, 저 좀 들어가도 될까요? 좀… 말할 게 있어서."

박재준 변호사를 찾아온 남성은 세상 잃은 표정을 지으며 울먹거린다. 목소리에는 가래가 잔뜩 껴 있다. 술 냄새는 나지 않지만 퀴퀴한 홀아비 냄새를 풍긴다.

남성이 이곳까지 찾아온 이유는 모른다. 하지만 자신을 돕기 위해 찾아온 것은 아니다. 그렇다고 자신을 해치려고 온 것도 아닌 듯하다. 남성이 찾아온 이유가 무엇이든 함부로 방 안에 들이기에는 꺼림직하다.

"아니요. 여기서 이야기하시죠."

박재준 변호사는 최대한 차갑고 단호하게 말한다. 그리고 혹시 무슨 일이 생긴다면 바로 문을 닫기 위해 문고리를 잡고 있다.

남성은 박재준 변호사의 말에 순순히 고개를 끄덕인다. 방 안으로 들어오는 것에 집착하지 않는다.

"변호사 선생님… 제가… 제가요… 저희 어머니께서 치매가 있었는데요. 몇 년 전에 집을 나갔거든요? 근데 올해 찾았어요. 이영환이 죽였더라고요… 저 진폐증이 걸렸어요. 의사 선생님이 저 곧 죽는다는데… 어떡해요."

남성은 갑자기 고개를 떨어트리며 작은 울음을 터트린다. 말에 섞인 울음소리 때문에 그가 도통 무슨 말을 하는지 알아들을 수가 없다.

"그래서 어쩌라고요?"

박재준 변호사는 기분 나쁜 사진 보듯 눈살을 찌푸린다. 짜증이 조금씩 올라오기 시작한다.

"아니! 제 어머니를 죽인 놈이 지금 저를 살릴 유일한 사람이라고요!! 어떻게 어머니를 죽인 새끼한테 살려 달라고 빕니까… 근데 저… 살고 싶어요… 살려 줘요…."

남성은 작았던 울음을 크게 터트리며 자리에 주저앉아 문고리를 잡는다.

"지금 방법이 폐 이식뿐이라는데 저 돈 없어요… 변호사 선생님, 저 돈이라도 주세요…."

박재준 변호사는 문고리를 잡은 손에 힘을 줬지만, 문은 당기지 않는다. 그의 호흡이 점점 빨라진다. 가슴속에 쌓이기 시작했던 짜증이 서서히 분노로 바뀐다.

"아저씨만 사연 있는 거 아니니까 좋은 말로 할 때 그냥 가요."

박재준 변호사는 목소리를 내리 깐다.

남성은 갑자기 잡고 있던 문고리를 당겼고 박재준 변호사는 문고리를 놓친다.

"나 어떡해… 살려줘…."

남성은 흐느껴 울며 열려 있는 문을 통해 방 안으로 기어들어 온다.

박재준 변호사는 어깨가 들썩일 정도로 숨이 점점 가빠진다. 그리고 차오르던 분노가 눈을 완전히 가린다. 그는 이를 악물고 방 안으로 기어들어 오는 남성의 얼굴을 발로 힘껏 찬다. 남성은 억 하는 소리 함께 고개가 뒤로 꺾이며 나자빠진다. 박재준 변호사는 멈추지 않고 계속해서 남성을 발로 찬다. 남성이 호텔 복도로 완전히 나갈 때까지 차고 또 찬다.

"꺼져! 여기 찾아와서 나보고 어쩌라는 거야! 이영환이 살아야지, 당신도 살고 내 딸도 살 거 아니야!!"

박재준 변호사는 귀청이 떨어져 나갈 정도로 커다란 윽박을 내지르며 문을 닫는다. 문밖에서 신음이 섞인 남성의 울음소리가 들린다. 박재준 변호사의 분노가 사그라들고 분노에 잠겨 있던 이성이 돌아온다. 사람을 때렸다… 그러면 안 되지만 순간 정신줄을 놓아 버렸다.

우선 잡고 있던 문고리를 놓고 냉장고로 가서 시원한 생수 하나를 꺼낸다.

최근 들어 자신이 병이라도 걸린 듯 화를 참지 못하고 있다는 것을 느끼고 있었다. 원래 화를 자주 내긴 했지만, 이 정도까지는 아니었다. 이 또한 이영환 때문이라고 생각한다. 또 생각하고 생각한다. 머릿속에 수많은 생각이 얽힌다.

세상은 미쳐 돌아간다. 딸은 죽어 가고 있고 사람들은 살기 위해서, 죽은 이를 위해서 서로 싸우고 있다. 자신은 방금 사람을 때렸다. 이영환은 아직 세상의 빛도 보지 못한 태아를 이용해 인체 실험을 했다. 모든 유전병이 발현하게 만들어 노인의 몸을 밀가루 반죽처럼 만들었다. 그리고 사람의 몸과 몸을 붙이고 그리고…

박재준 변호사의 눈앞에 이영환 사건 피해자들의 사진이 한 장씩 보인다. 머릿속에 생각이 뒤엉키고 역한 감정이 몸을 뒤덮는다. 정신 줄이 서서히 느슨해지고 기절하기 일보 직전이다. 그때 침대 위에 있는 그의 핸드폰이 미친 듯이 울린다. 갑작스러운 전화벨 소리가 어지럽게 요동치던 그의 정신을 깨운다.

소리가 요란하다. 시끄럽게 울린다.

박재준 변호사는 아직 뚜껑도 따지 않은 물병을 냉장고 위에 올려두고 침대 위에서 발광하는 전화기로 향한다. 불안하다. 핸드폰을 집어 든다. 아내에게 온 전화다. 슬슬 딸과 전화할 시간이기는 하다. 어젯밤에도 오늘 아침에도 딸과 아내와 전화를 했다. 근데 지금 걸려온 전화는 느낌이 다르다. 그는 전화를 받는다. 전화는 간단하게 딸이 혼수상태에 빠졌다는 내용이다.

　박재준 변호사는 당장 차를 몰고 서울로 간다. 딸이 있는 병원으로 가야 한다. 그는 고속도로에 오르고 차의 속도를 높인다. 속도가 얼마나 빠른지 당장 사고가 난다면 그의 시체는 쥐포처럼 납작하게 눌릴 정도이다. 꽤나 늦은 밤인데도 서울로 들어가는 고속도로에 차가 어느 정도 있다. 하지만 그는 차의 속도를 줄이지 않고 경적을 마구 울리며 앞을 막는 차들을 넘어간다.

　박재준 변호사는 정신없이 차를 몰아 병원에 도착했다. 주차장에 차를 대충 세우고 중환자실을 향해 뛰기 시작한다. 밤하늘에는 구급차의 사이렌 소리가 은은하게 울려 퍼진다. 그가 중환자실 앞에 도착하자 뒤에서 누군가 소리를 지른다.

　"저기요! 비켜요!"

　박재준 변호사는 뒤를 돌아본다. 구급 대원이 이동식 병상을 끌며 중환자실을 향해 빠르게 달려오고 있다. 병상 위에 누워 있는 피범벅의 여성이 순식간에 그를 지나쳐 중환자실 안으로 들어간다. 찰나의 순간이지만 여성의 얼굴에 피가 섞인 모래가 잔뜩 묻어 있던 게 보였다. 오른팔은 심각하게 부러져 뼈가 살을 뚫었고 배에는 쇠붙이가 박혀 있었다. 박재준 변호사는 방금 스쳐 간 그 여성의 얼굴이 딸의 얼굴과 겹쳐 보이며 잠시 정신이 멍해졌지만, 곧바로 정신을 차리고 피범벅의 여성을 뒤따라 중환자실로 들어간다.

중환자실은 바쁘고 정신이 없다. 이곳저곳 곡소리가 들려오고 요상한 기계를 몸에 붙인 사람들이 병상 위에 누워 있다. 그리고 딸은…

"Arrest(심정지)요!"

갑자기 누군가 큰소리를 지른다. 소리의 위치는 알 수 없지만, 의사가 어디론가 달리고 간호사도 뒤따라 달린다. 의사의 흰색 가운에는 붉은 피가 묻어 있다. 박재준 변호사는 또다시 넋을 놓고 가만히 서 있다 고개를 흔들며 정신을 차린다. 그리고 빠른 걸음으로 병동을 걷기 시작한다. 이제는 불안감을 넘어선 공포가 몸속 가득 차오른다.

차량 전복 사고로 정신을 잃은 아저씨를 지나 건물에서 떨어진 아줌마를 지나 결국 죽음을 이기지 못한 학생을 지나자 그의 딸이 보인다. 투명한 호스가 딸의 여린 코와 입에 들어가 있다. 복잡해 보이는 여러 대의 기계가 딸의 몸에 선을 꽂은 채로 삐, 삐 이상한 소리를 내고, 이름 모를 약통이 열매처럼 대롱대롱 매달려 있다. 아내는 누워 있는 딸의 옆에 앉아 훌쩍이고 있다. 이 광경을 본 박재준 변호사는 걸음을 멈추고 가만히 서서 눈만 깜빡인다. 눈에 따가운 무엇인가 들어간 듯 빠르게 눈을 깜빡인다.

"예… 아버님이시죠? 지금 상황이…"

병상 옆에 서 있던 의사의 말이 박재준 변호사의 귓속으로 울렁거리며 들어온다.

의사의 말을 이해할 수 없다. 이해하기도 싫다. 머릿속이 하얘진다. 숨이 막히고 심장은 내려앉아 타들어 간다. 다리가 후들거린다. 겨우 허벅지에 힘을 주고 서 있다. 오늘 아침까지만 해도 자신과 웃으며 통화한 딸이 지금 의식을 잃고 가만히 누워 있다. 딸이 얼마 남지 않았다는 사실은 알고 있었지만…

"마음의 준비를 하셔야 할 것 같습니다."

의사의 마지막 문장이 박재준 변호사의 정신을 때려 깨운다. 지금 그에게 덮친 모든 상황이 머릿속을 비집고 들어와 강제로 이해되기 시작한다.

"뭔 말이에요?"

박재준 변호사는 의사를 협박하듯 노려본다. 의사는 그의 질문에 대답하지 않고 깊은숨만 내쉰다. 박재준 변호사는 의사의 앞으로 걸어가 그의 어깨를 꽉 붙잡는다.

"아니… 내가 마음을 준비해야 하는 게 아니라 당신이 뭐라도 해봐! 이상한 기계들 다 떼어 내고 수술이라도 해 보라고! 내 딸 살려 내!!"

박재준 변호사는 이성을 잃고 고래고래 고함을 친다. 의사는 침착하게 지금의 상황을 그에게 다시 설명한다. 현재 수술은 불가능하고 이곳에 의료진들이 최선을 다하고 있지만 마음의 준비를 해야 한다는 것을 말이다.

"저희가 최선을 다하고 있지만… 죄송합니다."

의사는 다시 한 번 고개를 숙여 사과한다.

"죄송한 게 아니고…"

박재준 변호사는 말을 잊지 못하고 의사를 노려본다. 감정에 말문이 막혔다. 이미 한참을 울어 눈이 팅팅 부어 있는 아내는 박재준 변호사의 옆으로 다가와 의사를 붙잡고 있는 그의 팔을 떼어 내려고 힘을 주지만 박재준 변호사는 아내를 뿌리친다. 그리고 말문을 막은 감정을 꿀떡 삼킨다.

"야! 너 의사라며! 시발, 지금 28살짜리가 고치는 걸 니가 왜 못 고쳐! 병신이야!!"

의사는 침울한 표정을 머금고 아무 말도 하지 않는다.

"말을 해! 그냥 가만히 눕히지만 말고 뭐라도 해 봐! 이영환 나올 때까지만 살려 봐…."

박재준 변호사는 그대로 자리에 털썩 주저앉는다. 이 상황을 받아들일 수 없다. 딸이 이런 곳에 있을 리가 없다. 벌써 죽을 리가 없다.

"제발… 이영환 나올 때까지 살려만 주십쇼… 돈은 달라는 대로 드리겠습니다."

그는 목메인 소리를 내쉬며 울먹거린다.

박재준 변호사는 흐트러져 있는 자신의 자세를 고치고 의사에게
절을 한다. 하지만 아내는 의사에게 사과하며 그를 다른 곳으로 돌려
보낸다. 그렇게 의사는 다른 곳으로 가 버렸고 박재준 변호사는 천천
히 상체를 일으켜 무릎을 꿇고 앉는다. 그는 벌을 받듯 무릎에 손을
올리고 고개를 숙여 바닥만 본다.

"더 큰 병원으로 가자… 미국이나 유럽으로 보내면 어떻게든…"

"여보, 아니야. 괜찮아… 우리가 다 생각한 거잖아."

아내는 박재준 변호사의 옆에 앉아 그를 안아 준다. 지금 괜찮은
것처럼 말은 해도 그녀 역시 고통의 눈물을 흘리고 있다.

"아니면! 일본이라도… 나 돈 많아! 이영환 나올 때까지 살려만 두
면 된다고… 이영환은 다 살릴 수 있어."

박재준 변호사의 눈가가 촉촉하다. 어떻게든 울음을 참기 위해 이
악물고 버틴다. 그는 지금 딸이 옆에서 죽어 가고 있지만 할 수 있는
것이 없다. 무능함이 심장을 파고든다. 암울한 현실을 받아들일 수 없
다. 지금 당장 바닥에 머리를 박고 기절해 버리고 싶다.

이영환.

누군가 박재준 변호사의 귓가에 속삭였다. 이영환… 이영환은 유

일하게 딸을 살릴 수 있는 사람이다.

박재준 변호사는 자리에서 벌떡 일어나 눈을 감고 누워 있는 딸을 본다. 딸의 산소 호스에서 흘러나오는 바람 소리가 들린다. 아내가 자신의 등 뒤로 다가오자 아내를 밀치고 중환자실을 빠져나온다. 걸음은 점점 빨라지고 이내 뛰기 시작한다. 아빠로서 딸이 허무하게 죽게 놔둘 수 없다.

그는 주차장까지 정신없이 달려가 차에 탄다. 그리고 구암으로 간다. 자신은 이영환의 변호사다. 이영환과 가장 가까이 있고 가장 많이 이야기하는 사람이다. 조금의 피곤함도 느껴지지 않는다. 핸드폰이 울린다. 아내의 전화다. 하지만 핸드폰을 뒤집어 아내의 전화를 무시한다.

박재준 변호사는 자정이 넘은 시간 구치소에 도착한다. 당연히 이 시간에는 이영환을 만나지 못하지만, 그는 아는 사람을 통해 겨우겨우 이영환을 만날 수 있었다.

이영환은 까치집이 되어 있는 자신 머리를 긁으며 변호사 접견실에 들어온다. 피곤해 보이는 그의 얼굴은 불쾌하다는 자신의 기분을 잔뜩 내뿜고 있다.

"이게 지금 뭐 하는 짓입니까?"

박재준 변호사는 이 늦은 시간에 자고 있는 이영환을 억지로 깨워 만나는 게 상당히 무례한 짓이고 분명 그가 싫어할 것도 알고 있었다. 하지만 지금 누군가의 기분을 신경 쓸 상황이 아니다.

"죄송합니다… 근데 이영환 씨, 정부에게 수술 자리를 받으면 제 딸 좀 수술시켜 주시면 안 되겠습니까? 부탁입니다."

박재준 변호사는 자신이 낼 수 있는 가장 비참하고 간절한 목소리를 낸다.

"아직 수술 확정 안 났습니다."

이영환은 피곤한 입맛을 다시며 눈을 감는다.

"만약!! 확정이 난다면 제발 제 딸 좀 살려 주십쇼."

이영환은 대답하지 않는다. 박재준 변호사의 상태가 이상하다는 것을 느끼고 감은 눈을 살짝 떠 그를 살펴본다. 박재준 변호사의 동공에는 불안과 공포가 가득 차 있다. 그리고 갑자기 늦은 시간에 억지로 찾아와 딸을 살려 달라는 것까지 모두 생각해 본다면 그의 딸에게 심각한 문제가 생겼다는 것을 쉽게 알 수 있다. 이제 슬슬 그의 딸에게 한계점이 찾아왔을 시간이긴 하다.

박재준 변호사는 눈을 부릅뜨며 이영환의 대답을 기다리고 있다.

"안 돼요."

이영환은 눈을 완전히 뜨며 말한다.

"왜!"

박재준 변호사는 주먹으로 책상을 내리친다. 계획되지 않은 무의식적인 행동이다. 그는 방금 자신이 한 행동에 당황했지만, 별다른 사과나 다른 말은 하지 않는다. 이영환은 놀란 기색이 없다. 오히려 한심한 눈빛으로 박재준 변호사를 보고 있다.

"저희의 조건은 제가 무죄나 사면받고 여기서 나가면 변호사님 딸을 고치는 거예요. 아니, 최소한 제가 자유의 몸은 되어야지 고치든 말든 하죠. 그리고 아직 수술에 대한 뉴스는 하나도 나온 게 없고 2심 재판은 시작도 안 했고 뭐 나온 게 없어요. 박 변호사님, 정신 차리세요."

박재준 변호사는 입술을 꽉 깨문다. 이미 이성적인 사고는 마비된 지 오래였고 머릿속은 오직 중환자실에서 죽어 가는 딸의 모습만 가득 차 있다.

"그리고 제가 수술 자리를 받았다고 해도 뭘 믿고 변호사님 딸을 고쳐요? 딸이 아파서 제 변호사로 일하는 거 아니에요? 딸이 건강해지면 저 버릴 거잖아요. 당신이 왜 지금까지 저를 여기서 꺼내려고 별지랄 다 한 건데요? 딸이 아파서 그런 거잖아요. 다 죽은 딸을 고칠 수 있는 사람이 나밖에 없으니까, 그렇죠?"

박재준 변호사는 입에서 쌍욕이 반쯤 튀어나오며 자리에서 벌떡 일어난다. 겨우 쌍욕을 잡아 입 안에 머금었다. 머리끝까지 올라온 분노를 참는다. 딸이 죽는다. 분노가 눈을 가리기 직전이다.

"알았어요! 솔직하게! 지금 제 딸이 혼수상태에 빠졌거든요? 시간이 얼마 없대요. 제발 어떻게든 살려 두기만… 그리고 나중에 치료해 주셔도 되니까… 딱! 살려만 두십쇼! 그럼 제가 죽더라도 여기서 꺼내 드리겠습니다."

"아니, 이해 못하셨어요? 저는 변호사님 딸이 죽든 말든 상관없어요. 저한테는 이번 수술 못 받아 내면 아무렇지도 않게 죽으라고 말하더니 지금 자기 딸내미 목숨이 간당간당하니까 밤늦게 찾아와서 이지랄을 합니까? 그럼 나만 뒤지라고? 나만 병신처럼 당신 딸 살려 주고 간, 쓸게 다 뜯기고 죽으라고!!!"

이영환은 갑자기 흥분을 주체하지 못하고 침을 튀기지만 말을 끝내니 바로 평온한 상태로 돌아온다.

"변호사님은 제가 병신처럼 보이세요? 저도 나름 똑똑한 사람이에요."

박재준 변호사의 얼굴에 얕은 눈물이 흐른다. 이를 바득 갈며 두 손을 불끈 쥔다. 분노가 눈을 가린다. 그는 자리에서 벌떡 일어나 이영환에게 달려든다. 그리고 무릎을 꿇고 바닥에 쿵 소리가 나도록 머리를 박는다.

"죄송합니다. 제가 모든 것을 사과하겠습니다. 제발! 제 딸 좀 살려 주십쇼! 부탁입니다. 아직 너무 어립니다…. 제발!! 이영환 님 부탁입니다!!!"

그는 절규하듯 이영환에게 소리를 지른다.

"재판 때 봅시다."

이영환은 자리에서 일어난다.

끝이다. 이영환은 접견실을 나가 떠났지만, 박재준 변호사는 바닥에 머리를 박은 채 굳어 있다. 그의 화가 사그라들고 이성이 찾아온다.

몸을 일으킬 명목이 없다. 너무 감정적으로 행동했다. 좀 더 계획적으로 이영환에게 다가갔어야 했다. 모든 것이 후회스럽다. 자신보다 나이가 한참 어린 범죄자 앞에서 무릎을 꿇고 바닥에 머리를 박은 자신이 너무 수치스럽고 비참하다. 당장 혀를 깨물고 죽어 버리고 싶다. 세상이 자신을 미워하듯 저주를 내렸다.

죽고 싶지?

누군가 박재준 변호사의 귓가에 속삭였다. 갑자기 그의 눈이 번쩍 떠진다. 어떠한 생각 하나가 뇌리에 박혔다. 몸을 일으키고 자리에 똑바로 선다.

어제까지만 해도 잘 지내던 애가 갑자기 이렇게 죽을 리가 없다. 절대로 자신의 딸은 이럴 리가 없다. 이영환의 말로는 다음 달에 죽을 것이라고 말했다. 이영환은 절대로 틀리지 않는다.

그는 누군가 자신의 딸을 의도적으로 죽이려고 했다는 생각에 휩싸인다.

주변을 둘러본다. 아무도 없다. 눈을 감는다. 고요하다. 그리고 최상의 집중 상태로 들어간다. 오로지 자신만이 존재하는 세상에 들어왔다.

누가 그랬을까?

나를 싫어하는 사람…. 왜 나를 싫어할까? 돈? 아니다. 그렇다면 회사 사람인가? 아니 회사에서 원한 맺은 사람은 없었다. 그렇다면 이영환! 이영환이 살면 안 되는 사람이다. 이영환이 지금 구치소에 있으니 그에게 직접적으로 해코지할 수 없다. 그래서 이영환의 뒤에서 큰 판을 짜고 중요한 상황을 만들어 가는 자신에게 해코지한 것이다. 근데 왜 내가 아니라 딸일까? 전국에 얼굴을 알린 변호사를 직접 건들 수 없었기에 자신의 약점을 건드렸다. 자신의 약점이 딸이고 딸이 아프다는 걸 알면서 딸의 위치까지 알 수 있는 사람. 사람의 신상 검색이 가능하거나 엄청난 인맥을 가진 사람이다. 그리고 의도적으로 딸을 혼수상태로 빠트리고 증거 또한 남기지 않을 정도로 똑똑한 사람이다.

박재준 변호사는 눈을 질끈 감는다. 그는 머리가 터질 것 같은 고통을 느낀다.

자신을 알고 있으며 신상 검색이 가능하고 이영환을 혐오하는 사람⋯.

많은 사람이 캄캄한 눈앞에 지나쳐 간다. 하지만 이렇게 비열한 방법까지 동원해 이영환을 죽이고 싶은 사람⋯ 이영환 사건의 유가족들?

박재준 변호사는 고개를 젓는다.

가족을 잃은 슬픔을 아는 사람이 이런 짓을 했을 확률은 낮다. 이영환을 죽이기 위해서라면 뭐든지 할 사람이다. 범죄자를 보면 치가 떨리고 모든 방법을 이용해서 범죄자를 처벌하고 싶은 사람.

장동훈 검사

박재준 변호사는 장동훈 검사의 얼굴이 떠오르며 알면 안 되는 비밀이라도 알아낸 듯 입이 떡 벌어진다. 자신의 딸을 건든 범인은 장동훈 검사이다. 그뿐이다. 그가 맞다. 그 새끼가 범인이다. 박재준 변호사는 욕을 마구 뱉으며 구치소를 탈출하듯 뛰쳐나간다.

장동훈 검사는 언제나 그랬듯 입에 방울토마토를 물고 출근하기 위해 집에서 나온다. 어제와 달리 오늘 아침은 꽤나 쌀쌀하다. 오늘부터 기온이 갑자기 떨어질 거라는 기상청의 뉴스가 오랜만에 적중했다. 숨을 내뱉으면 희미하게 입김이 보일 정도다. 아직 겨울까지는 한참 남았는데 벌써 춥다니, 정말로 가을이 사라지고 있다는 게 느껴진다.

이영환의 2심 재판이 이제 며칠 남지 않았다. 추가로 발견된 사건의 피해자는 없다. 또한 이영환이 저지른 추가 범행도 없다.

국과수에 의뢰를 맡긴 것 중 거의 전부가 판명 불가 판정을 받았다. SF 판타지 소설에서나 볼 법한 이영환의 기행은 대한민국의 국립과학수사연구원조차 원인도 알아낼 수 없었다. 그나마 피해자의 신체 성장이 다시 시작되거나 이중 생식기와 남성의 자궁이 자연적으로 생성된 것은 뇌수하체의 문제가 어느 정도 있다는 것으로 판명이 났지만, 이영환이 어떤 방법을 통해 뇌수하체를 통제했는지는 알 수 없었다.

갑자기 차 문이 벌컥 열리는 소리가 난다. 그 소리 때문에 깊은 생각에 빠져 있던 장동훈 검사의 정신이 돌아온다.

빡빡하게 주차된 차들 사이로 한 남성이 허겁지겁 뛰어나오다 발이 걸려 넘어져 그의 앞에 나뒹군다. 남성은 박재준 변호사이다. 그는 넘어진 자리에서 바로 일어난다. 양복에 잔뜩 묻은 더러운 흙먼지는 털어내지 않는다. 헝클어진 머리에 눈에는 눈곱이 껴 있는 게 보인다.

장동훈 검사는 13년 정도 검사 일을 하면서 재판이 마무리되기 전 사건 변호사가 담당 검사를 찾아오는 경우는 지금이 처음이고 다른 검사에게 들어 본 적도 없는 일이다. 그렇기에 그는 박재준 변호사가 나름 특별한 사유가 있기에 자신을 찾아온 것이라고 생각한다.

"검사님, 잠시 이야기 좀 합시다."

박재준 변호사의 말투는 마치 어린아이의 돈을 뜯는 양아치 같다.

"예, 예 말씀하십쇼."

장동훈 검사는 자신의 손목에 감긴 시계를 본다. 그의 말을 들어 줄 만한 여유 시간이 30분 정도 있다.

"어른끼리 솔직하게 털어놓읍시다. 알잖아요."

박재준 변호사는 그다지 큰 움직임은 없지만 거친 호흡이 말에 잔뜩 섞여 있다. 그리고 아까부터 눈에 모래라도 들어간 듯 눈을 계속 비비고 있다. 장동훈 검사는 그가 지금 내적으로 정상적이지 않다는 것을 느낀다.

"사건의 변호사랑 검사끼리 무슨 비밀이 있다고 솔직하게 털어놓습니까? 비밀은 변호사가 더 많을 건데요."

"솔직히 경찰이 사건 조사하면서 이영환의 의학 기술 하나쯤은 찾았지 않습니까? 파일이든 영상이든 공책이든 뭐 하나는 찾았을 것 아닙니까! 아니면 종이 쪼가리에 대충 끄적인 거라도 찾았겠지!!"

박재준 변호사는 갑자기 버럭 소리를 친다. 장동훈 검사의 미간이 구겨진다.

자신도 이영환 변호사 선임 기사를 보았다. 분명 박재준 변호사는 그 아니면 그의 가족이 아프다. 그러니 지금 이영환의 의학 기술을 알려 달라는 것이다. 근데 굳이 이영환의 변호사가 직접 자신에게 찾아와 그런 이야기를 하는 것은 이해가 되지 않는다. 뭐… 그만의 특별한 사연이 있을 거다. 하지만 이영환의 의학 기술에 대해서 아는 것은 없었고 만약 안다고 해도 알려 줄 리가 없다.

장동훈 검사는 박재준 변호사의 말에 대꾸 없이 그를 지나쳐 자신의 차로 걸어가려고 한다. 하지만 박재준 변호사는 팔을 뻗어 장동훈 검사를 막는다.

"어디 갑니까? 기술 찾았죠? 사람 대가리에 모든 병을 고칠 지식이 전부 들어갈 수가 없어, 분명 어딘가에 적어 놨을 거라고. 찾았잖아! 근데 찾은 게 일부분인 거지, 폐공장단지 거기야? 맞지?"

박재준 변호사의 말투가 이상하다. 잔뜩 흥분한 목소리로 모든 말을 빠르게 붙여 말한다. 마치 망상에 빠진 정신병자가 혼자 속삭이듯 말이다.

장동훈 검사는 또 박재준 변호사를 무시하며 그를 지나치려고 한다. 하지만 박재준 변호사는 장동훈 검사의 얼굴 바로 앞에 서서 그를 막는다.

"대답해! 경찰은 이영환의 의학 기술을 조금만 찾았어. 근데 그 일부를 공개하면 이영환이 그냥 죽어 버릴까 봐 모르는 척하고 있는 거고, 솔직히 내 말 맞죠. 이거 솔직하게 대답하면 제가 봐줄게요."

"변호사님이 뭘 봐줘요."

장동훈 검사는 어이가 없다는 듯 말한다.

"뭘 봐줘? 네가 내 딸 병신 만든 거 봐준다고."

박재준 변호사는 아까부터 띄어 말하기 없이 정신병자처럼 빠르게 말했지만, 방금은 말의 억양을 내리며 차분하게 말을 끝냈다. 그리고 눈빛에 살기가 느껴진다.

"제가 변호사님 따님분을 왜 병신으로 만듭니까? 아닙니다. 시간이 없어서 이만 가 보겠습니다."

장동훈 검사는 박재준 변호사의 살기 띤 눈빛을 읽었고 빠르게 상황을 마무리 지으며 이 자리를 뜨려고 한다. 이대로 그와 대화를 이어 간다면 좋지 못한 일이 일어날 거라는 직감이 온 것이다. 하지만 박재준 변호사는 자리를 뜨려는 장동훈 검사를 뒤로 밀치며 자신을 지나가지 못하게 막는다.

"너잖아!! 이영환이 수술하면 풀려나니까 어떻게든 막으려고 생각해 봤겠지? 그래서 생각해 보니까 이영환 옆에서 계획을 다 짜 주는 사람이 나였던 거야. 근데 나를 뭐 어떻게 할 수 없으니까 아픈 내 딸 건든 거잖아!"

박재준 변호사는 또다시 호흡 없이 모든 말을 빠르게 붙여 말한다. 장동훈 검사는 대꾸 없이 그를 피해 가려 한다. 그의 눈에는 단지 정신 나간 아저씨 한 명이 보일 뿐이다.

"시발 놈아!!"

박재준 변호사는 갑자기 욕설 섞인 괴성을 지르며 장동훈 검사에 어깨를 잡아 흔든다.

"왜 그랬어! 내 딸은 건들 필요 없었잖아! 지금이라도 경찰이 찾은 의학 기술 공개하면 내가 너 살려 줄게! 아니면 나에게만 말해!!"

박재준 변호사는 완전히 미친 사람처럼 시뻘건 눈을 부릅뜨고 침을 튀긴다.

장동훈 검사는 한 손으로 박재준 변호사의 어깨를 부여잡고 다른 손으로 그의 목을 옆으로 밀며 발을 걸어 넘어뜨린다. 박재준 변호사는 그대로 아스팔트 바닥으로 떨어지고 쓰라린 신음과 함께 천천히 바닥을 구른다. 허리에 충격이 간 듯 손으로 허리를 집고 있다.

장동훈 검사는 박재준 변호사에게 무슨 일이 있는지 모른다. 하지만 자신에게 찾아와 이러고 있는 이유가 이영환 때문이라는 것은 확실하다.

장동훈 검사도 박재준 변호사라는 사람을 이영환이 나타나기 전부터 알고 있었다. 워낙 유명한 스타 변호사니, 법조계에서는 그를 모르는 사람이 없다. 하지만 그 유명한 스타 변호사도 지금 노숙자 같은 품행을 하고 아스팔트 바닥 위를 구르고 있다. 그렇다고 해서 그에게 어떠한 동정심이나 안쓰러운 감정을 느끼는 것은 아니다. 그냥 뭐랄까? 담배 한 대 피우고 싶은 느낌이다.

장동훈 검사는 바닥에서 일어나지 못하고 있는 박재준 변호사를 무시하며 그냥 지나친다. 이제 출근할 시간이다.

5장

2심 재판

동이 트기 전부터 재판이 이뤄질 법원 앞 도로 한복판에 이영환 사형 반대 연대가 시위를 준비하고 있다. 휠체어를 타고 목발을 짚고 팔에 링거를 꽂은 사람들, 눈이 안 보이고 걷지 못하고 병적으로 지능이 낮은 사람들, 죽을병에 걸리고 치료 방법조차 없는 병에 걸린 사람들, 그런 사람들의 가족, 친구들까지 모두 모여 지금 이영환의 수술과 사면을 외치고 있다. 오직 이영환만이 그들을 치료할 수 있고 살릴 수 있는, 즉 신과 같은 존재다. 그들을 구원해 주시고 그들을 바라봐 주시는 분이다. 그들의 반대편에는 전쟁의 시작을 알리듯 바람에 휘날리는 커다란 깃발이 하늘을 향해 솟아 있다. 이영환에게 잔혹하고 기괴한 인체 실험으로 사망한 피해자의 유가족들, 이영환을 사기꾼이라고 믿는 사람들, 이영환을 혐오하고 그를 반드시 처벌해야 한다고 말하는 사람들, 이영환이 진짜이면 안 되는 사람들이 전부 모여 있다.

그리고 전투경찰이 경찰 버스를 등지고 그 두 집단을 가르고 있다. 법원 앞 8차선 도로는 시위 집단 때문에 현재 두 개의 차선만 사용이 가능하다. 그 두 개의 차선도 경찰이 시위 집단을 통제해서 겨우 얻어낸 것이다.

2심 재판의 시작 시간이 다가왔다. 두 시위 집단 사이에 경찰 호송 차량 한 대가 정차한다. 호송 차량의 문이 열리며 이영환이 양팔에 경찰을 끼고 차에서 내린다. 그는 움직이지 않고 가만히 서 있다. 광기 어린 거대한 두 집단을 직접 눈에 담기 위해 일부러 이곳에서 내렸다.

두 집단 모두 이영환이 눈앞에 나타나자 괴성을 지른다. 전투경찰은 두 집단의 사람들이 이영환에게 다가가지 못하도록 들고 있는 방패를 이용해 사람들을 밀친다. 만약 전투경찰이 없었다면 이 엄청난 수의 사람들이 당장 이영환에게 달려들었을 것이다.

누군가는 그를 보고 울며 찬양한다. 그를 원하고 그가 희망이고 그만이 죽음에서 구원해 줄 수 있다.

"우리 엄마 좀 살려 주십쇼!"

누군가는 그를 보고 이를 간다. 눈에 피눈물이 흐르고 심장이 갈기갈기 찢어지고 주먹에 힘이 들어간다.

"야 이 개새끼야! 우리 엄마 살려 내!"

그는 신이다. 보이지 않는 사람을 보게 하고 들리지 않는 사람을 듣게 한다.

"저도 세상을 보고 싶습니다!"

그는 악마다. 어른을 죽이고 아이를 죽이고 태아를 뱃속에서 꺼내어 죽였다.

"죽어! 시발 새끼야!"

각자의 사연이 담긴 한 문장들이 이영환에게 날라와 그를 피식 웃게 만든다. 자신이 생각했던 것보다 사회는 훨씬 더 망가져 있었다.

저 멀리서 썩은 감자, 토마토 등 손으로 집어 던질 수 있는 모든 것이 이영환을 향해 날아온다. 하지만 이영환 옆에 붙어 있는 경찰들이 날아오는 각종 물건을 대신 맞는다. 이영환은 흐뭇한 미소를 얼굴에 품고 홍해처럼 갈라진 두 집단 사이로 걸어 들어간다.

사람들은 있는 힘껏 손을 뻗어 그에게 손끝이라도 닿기를 원한다. 그의 구원을 원하고 그가 죽기를 원한다. 이제 통제할 수 없을 정도로 난리를 피우는 사람들 때문에 전투경찰은 곤봉까지 꺼내 들었다. 다들 자신이 가장 절실한 사람인 것처럼 최선의 신이자 최악의 악마를 보며 절규한다.

죽고 싶지 않다.

"제발! 저 좀 살려 주십쇼!"

죽어야만 한다.

"너 같은 새끼는 목을 잘라 죽여야 해!"

가족이 죽는다.

"이영환 님, 제 아들 좀 살려 주십쇼!"

가족이 죽었다.

"내 아들 살려 내…"

모두가 이유는 다르지만, 이영환을 향해 불타오른다.

이영환의 입꼬리가 귀에 걸린다. 웃는 표정의 가면처럼 눈이 초승달처럼 휘고 입이 귀까지 찢어진다.

나만 믿어, 내가 다 살려 줄게.

신은 모두에게 속삭인다.

그렇게 이영환은 법원 안으로 들어가고 재판은 시작된다. 이영환의 요청으로 이번 2심 재판은 공개 재판으로 이뤄지고 생방송으로 전국에 보일 것이다. 그렇기에 재판장 뒤에는 각 방송국의 카메라가 설치되어 있다.

재판이 시작되었다. 박재준 변호사는 이영환의 의학 기술이 공개되었을 때 얻을 수 있는 막대한 국가적 이득과 사회적 효과를 말한다. 그리고 의학 기술을 확실하게 증명하기 위한 수술을 판사에게 요청하며 말을 마친다. 박재준 변호사는 다시 멀쩡한 변호사로 돌아왔지만, 얼굴에 불안이 찌들어 있다.

장동훈 검사의 차례다. 재판장에 준비된 모니터에는 피해자들의 사진 223장이 차례로 보여진다. 드디어 인체 실험의 참혹한 현실이 사회에 여과 없이 공개된다. 유족들의 동의도 없이 말이다.

이제 재판은 끝을 달리고 있다. 검사 측과 변호사 측 전부 할 말을 끝냈다.

"제가 많은 사람을 끔찍하게 죽였다고 욕하시는 분들이 많은데…, 나중에 아픈 당신들 살려 줄 게 접니다. 그러니까 저를 욕하지 마세요. 지금까지 사용되는 모든 의학은 누군가를 죽였으니까요."

이영환이 최후의 변론을 말한다.

최후의 변론이 끝나고 판사는 마지막으로 모든 것을 종합한다. 사건의 증거물들을 확인하고 검사와 변호사의 서면을 다시 읽어 본다. 재판장 안은 쥐 죽은 듯 고요하다. 사실상 이번 재판의 판결로 이영환이 최악의 범죄자가 되어 죽을 건지 아니면 신이 되어 인류를 구원할 건지 정해진다.

판사는 목을 가다듬는다. 지금 재판의 판결을 말하려고 준비하는 것이다. 판사의 한마디가 모든 것을 정한다. 장동훈 검사와 박재준 변호사 그리고 이영환을 포함한 재판장에 있는 모든 사람이 판사에게 집중한다. 방송국 카메라도 판사를 클로즈업하여 화면에 잡는다.

장동훈 검사와 박재준 변호사는 서로 자신의 생각을 믿는다. 각자 타당한 이유와 무시할 수 없는 사연이 있다. 법과 윤리적으로 이영환은 틀림없이 사형을 선고받아야 한다. 하지만 이영환은 질병과 장애에서 인류를 구원할 수 있는 유일한 존재이다. 모두가 건강하고 행복한 미래를 위해 이영환은 필연적으로 살아야 한다.

판결이 판사의 입에서 나오기 전 2초도 안 되는 짧은 시간이지만, 재판장 안에 있는 모든 사람은 시간 멈춘 것 같은 느낌을 받는다.

"재판 판결하겠습니다. 피고인 이영환은 1주 뒤에 수술을 진행한 후 재심을…"

판사가 말을 못 끝낸 것이 아니다. 재판장 안에 있는 사람들의 소리가 폭발하듯 터져 나와 판사의 말소리가 끝까지 들리지 않았다.

이영환은 고개를 뒤로 꺾어 호탕하게 웃는다. 그는 사기꾼이 아니다. 정말로 모든 병을 치료할 수 있는 기술을 가지고 있다. 수술 도중 누군가 갑자기 자신을 죽이지 않는 이상 수술은 절대로 실패하지 않는다. 박재준 변호사도 얼굴에 웃음을 띠지만 순간 눈이 번쩍 뜨이고 서서히 얼굴이 굳는다.

수술은 1주 뒤에 시작하고 2심 재판도 다시 진행해야 한다. 그리고 복잡한 사면 절차까지 밟는다면 아무리 빨라도 몇 달은 족히 걸린다. 시간이 너무나 오래 걸린다. 딸에게 남은 시간은 그 정도로 여유 있지 않다.

박재준 변호사는 자신의 옆에서 호탕하게 웃고 있는 이영환의 손을 잡는다.

"이영환 씨… 제발… 제 딸 좀 수술해 주시면 안 됩니까?"

이영환은 서서히 웃음을 줄인다. 그리고 히죽히죽 웃으며 박재준 변호사를 빤히 쳐다본다. 아무런 말도 꺼내지 않는다. 그리고 자신의 손을 잡고 있는 박재준 변호사의 손을 뿌리치며 순간 정색한 얼굴로 말을 뱉는다.

"변호사님, 언제가 좋은 인연으로 만납시다."

이영환은 서서히 웃음을 되찾고 고개를 꺾어 호탕한 웃음을 이어 간다. 박재준 변호사는 사시나무처럼 몸을 떨며 그의 팔을 붙잡자 갑자기 경찰들이 이영환을 끌고 재판장을 나간다. 박재준 변호사도 다급하게 이영환을 따라 나간다.

"지랄한다…."

장동훈 검사는 탄식과 함께 욕을 내뱉는다. 그리고 입을 닫고 천천히 숨을 고른다. 점점 콧김이 거칠어진다. 분노가 목 끝에 걸려 있다. 참는다. 인내하고 또 인내한다. 감정을 숨기고 저 마음속 아래 어딘가에 묻는다.

'어머니와 아버지를 죽인 그 개새끼가 풀려난다면?'

배에 칼이 꽂힌 어머니가 나를 보며 붕어처럼 입을 뻐끔거린다.

"시발 새끼야! 이영환 살린다고?! 니가 그러고도 판사야!!"

장동훈 검사는 의자가 벌러덩 넘어갈 정도로 강하게 일어나 판사에게 삿대질을 한다. 판사는 장동훈 검사를 잠시 쳐다보다 헛기침하며 자리에서 일어난다. 그리고 재판장을 떠나기 위해 다급한 걸음을 걷는다.

"야! 어디 가!!"

장동훈 검사는 판사를 잡아 죽일 듯이 쫓아간다. 하지만 같이 재판을 맡은 어린 검사가 장동훈 검사의 팔을 잡아끌어 그를 말린다. 그사이 판사는 순식간에 재판장 밖으로 나가 버렸다. 장동훈 검사는 어린 검사의 손을 뿌리치지만, 그는 장동훈 검사의 허리를 붙잡아 온 힘을 다해 뜯어말린다.

"놔봐!! 이 새끼야!"

그 둘은 시간이 조금 흐르고 법원 복도에 서 있다. 판사는 온데간데없이 모습을 감췄다. 장동훈 검사는 아직도 분노라는 감정에 잠겨 있다.

"아니 시발! 이영환을 살린다고? 이게 말이야!!"

그는 벽을 발로 차며 쌍욕을 퍼붓는다.

"장 검사님, 우선 진정하시고….."

어린 검사는 그의 옆에서 쩔쩔매고 있다.

"진정은 지랄하네! 판사 새끼 어디 있어? 이 새끼 뒷돈 처먹었네!"

장동훈 검사는 광견병에 걸린 개처럼 사방에 침을 튀긴다. 그리고 갑자기 어린 검사의 얼굴을 두 손으로 감싸 잡고 그의 눈을 마주 본다.

"이번에 그 판사 새끼랑 관련된 놈들 전부 찾아서 조사한다. 알았냐?"

"우선 진정하시고 나중에 이야기하셔야 할 것 같습니다."

어린 검사는 진땀을 흘리며 그를 최대한 달래본다. 장동훈 검사는 손으로 감싼 그의 얼굴을 놓고 뒤돌아 벽을 짚는다. 화가 도통 가라앉지 않는다. 또 한 번 소리를 지른다. 그리고 고개만 돌려 어린 검사를 본다.

"너도 이영환 살아야 한다고 생각하나?"

"아니요! 죽어야죠. 반드시 사형받아 죽어야 합니다."

어린 검사의 말은 미쳐 날뛰고 있는 장동훈 검사의 비위를 맞추기 위해 한 말이 아니다. 진심이 담겼다. 장동훈 검사는 의아한 표정을 지으며 천천히 어린 검사에게 다가간다. 그도 어린 검사의 진심을 느꼈다.

"왜?"

이영환이 죽어야 한다고 생각하는 사람은 TV 속에서만 봤다. 실제 주변에서 자신과 같은 생각을 하는 사람은 어린 검사가 처음이다.

"당연한 겁니다. 특별한 능력이 있다고 다 풀려나면 법은 왜 있겠습니까? 사람 죽인 새끼들은 똑같이 갚아 줘야 합니다."

어린 검사는 이영환에게 그 어떠한 작은 피해도 받지 않았다. 그렇다고 장동훈 검사와 비슷한 과거를 겪지도 않았다. 그저 평범하게 열심히 공부하고 검사가 된 사람이다. 하지만 이영환을 진심으로 죽이고 싶어 하는 이유는 단순한 윤리적 정의감 때문이다.

어린 검사의 말에 장동훈 검사의 분노가 잠시 사그라든다. 장동훈 검사의 입에서 어떠한 질문이 나오기 직전 누군가 그를 부르며 뛰어온다.

"장 검사! 너 욕하는 거 1층까지 들려!"

구암 검찰청 검사장이다. 장동훈 검사는 검사장을 보자마자 잠시 가라앉았던 감정이 올라오기 시작한다.

"아니! 이영환 살립니까?"

장동훈 검사는 검사장에게 성큼성큼 걸어가며 말한다.

"야, 야! 그게 우리가 정하는 거냐? 우선 따라와 봐."

검사장은 그에게 다그치듯 말하며 어깨를 털어 준다.

"지금 어딜 갑니까? 223명을 죽이고 사면은 말이 안 되지 않습니까."

장동훈 검사는 어깨 위에 올라가 있는 검사장의 손을 내친다.

"뭔 사면이야~ 아직 수술 시작도 안 했구먼, 우선 따라와 보라고."

검사장은 짜증이 섞인 말을 익살스럽게 뱉으며 장동훈 검사의 팔을 잡아 어디론가 끌고 간다. 어린 검사는 그 둘을 따라가지 않고 홀로 복도에 덩그러니 남는다. 자신이 따라갈 자리가 아니라는 본능적인 느낌이 들었다.

검사장은 장동훈 검사를 이끌고 휴게실로 들어간다. 휴게실 안에는 긴 유리 테이블을 중심으로 폭신해 보이는 검은색 가죽 의자가 3개씩 마주 보고 있다. 그리고 왼쪽 3번째 의자에 정부의 높으신 한 분이 커피가 담겨 있는 찻잔을 들고 앉아 있다. 그 옆 의자에는 백 의원도 앉아 있다.

장동훈 검사는 휴게실에 들어가자마자 백 의원의 얼굴이 눈에 들어온다. 그의 옆에 높은 분이 앉아 있지만 전혀 보이지 않는다.

"아니! 의원님, 이영환 수술 그게 맞습니까?"

장동훈 검사는 잔뜩 성난 걸음으로 백 의원에게 다가가며 그에게 따지듯 말한다. 백 의원은 얼굴을 찡그리며 장동훈 검사에게 조용히 하고 빨리 앉으라는 손짓을 보낸다.

"장 검사! 목소리 좀 낮추고 내 앞에 앉아 봐, 우선 인사 좀 드리고."

백 의원은 자신 옆에 앉아 있는 높으신 분의 눈치를 보고 있다.

장동훈 검사는 눈에 힘을 바짝 주고 백 의원이 가리키는 사람을 본다. 하지만 바로 눈의 힘을 풀고 허리 숙여 높으신 분에게 인사를 드린다. 그의 이성이 바로 잡힌다. 차마 자신이 무시할 수 있는 사람이 아니었다. 아무도 말릴 수 없을 것 같았던 장동훈 검사는 순한 양으로 변했다. 높으신 분은 아무것도 하지 않았다. 한마디의 말도 어떠한 행동이나 작은 손짓 하나도 하지 않았다. 그저 가만히 앉아서 커피를 마셨을 뿐이다. 이것이 힘이다. 보이지 않지만 세상을 움직이는 힘, 권력이다.

장동훈 검사는 백 의원의 말을 따라 테이블 건너 그와 마주 보는 가죽 의자에 앉는다. 어느새 검사장은 휴게실 밖으로 나갔다.

"아니, 의원님, 이영환 223명을 죽였습니다. 그럼 유가족분들은 뭐… 그냥 둡니까?"

말투가 한층 차분해진 장동훈 검사다. 그래도 참지 못해 흘러나온 분노가 거친 숨과 함께 묻어 나온다.

"장동훈 검사, 유가족분들 생각해서 화난 건 잘 알고 있는데 다 적절하게 보상 처리할 거고 이영환의 수술은 이미 정부 쪽에서 끝난 이야기야. 이미 뭘 바꾸기는 늦었어. 이제 그만하고 커피? 블랙으로?"

백 의원은 장동훈 검사의 말을 대충 매듭지어 버린다. 장동훈 검사는 다시 눈을 부릅뜨며 자리에서 벌떡 일어난다.

"아니!!…"

뜨거운 커피가 묻은 티스푼이 날아가 장동훈 검사의 이마를 때리고 바닥에 나뒹군다. 순간 아무도 말 한마디 꺼내지 않는다. 티스푼이 바닥에 튕기는 소리만 요란하게 들린다.

장동훈 검사는 이마에 티스푼을 맞고 그대로 굳어 있다. 높으신 분은 찻잔을 들어 커피를 한입 마시고 다시 찻잔을 테이블 위에 내려놓는다.

"검사야, 어디서 의원한테 큰소리냐? 너 누군데?"

딱히 화나거나 짜증이 난 목소리는 아니다. 그냥 장동훈 검사를 같잖게 보는 말투다.

"구암시 지방검찰청 장동훈 검사입니다."

장동훈 검사는 몸을 살짝 돌리고 높으신 분에게 허리 숙여 다시 한 번 인사를 드린다. 다시 감정을 저 마음속에 깊은 곳에 묻는다.

"검사야, 내가 좆으로 보이니?"

"아닙니다."

장동훈 검사는 허리를 펴지 못한다.

"근데 내가 떡하니 앉아 있는데 어디서 의원한테 소리를 치냐?"

"죄송합니다. 제가 잠시 흥분했습니다."

높으신 분은 다시 찻잔을 들고 커피 한입 마신다.

"너 정치에 생각 있다며?"

"그렇습니다."

"근데 내 앞에서 개지랄하는 모습을 보이냐?"

"죄송합니다."

"아니야, 허리 펴."

장동훈 검사는 높으신 분의 말에 겨우 허리를 편다. 미간을 구기고 시체 같으 차가운 얼굴로 돌아온다.

높으신 분은 찻잔을 들고 장동훈 검사에게 앉으라고 손짓하자 그는 의자에 앉아 허리를 꼿꼿이 편다.

"검사야, 지금까지 수고 많았다. 이제부터 우리가 알아서 할 거니까 너는 좀 쉬어라. 나는 너 좋게 본다? 남자답게 화끈하고 굽힐 때 굽히고 아주 마음에 든다고. 그리고 이번 재판에서 너에 대한 이미지가 좋아졌을 거야. 정치는 이미지야, 알지? 정의를 지키는 검사! 캬~ 멋지네, 첫인상이 좋아."

장동훈 검사는 고개를 살짝씩 끄덕이며 높으신 분의 말을 진심 담아 듣는다.

"검사야, 명함 하나 줘 봐라."

장동훈 검사는 벌떡 일어나 지갑을 꺼내고 허리를 숙여 두 손으로 자신의 명함을 건넨다. 높으신 분은 한 손으로 그의 명함을 낚아챈다.

"그래, 나중에 술자리 한 번 마련할게. 자주 보자."

"알겠습니다. 나중에 제가 한 번 찾아뵙겠습니다."

높으신 분은 자리에서 일어나 밖으로 나간다. 장동훈 검사와 백 의원만이 남겨진 방에는 어색한 적막이 흐른다. 백 의원은 쓰라린 숨을 내쉬며 장동훈 검사에게 다가가 그의 어깨를 토닥여 준다.

"어쩔 수 있냐, 대통령이 하라는데… 나는 까라면 까야지."

장동훈 검사는 힘없이 고개를 푹 숙인다. 그는 백 의원을 아버지처럼 생각했다. 가장 의지하고 믿었던 사람 중 한 명이다. 분명 백 의원은 이영환이 죽어야 한다고 소리치며 싸울 거라고 생각했다. 자신의 편일 거라고 정말로 믿었다. 그에 대한 배신감이 뾰족한 창이 되어 장동훈 검사의 마음을 깊숙이 찌른다.

"그래도 의원님은 이영환 죽여야 한다고 했어야죠…. 그러려고 욕 처먹으면서까지 사형 집행 다시 부활시킨 거 아니었어요?"

백 의원은 아무 말이 없다. 그저 삭막한 숨을 내쉬며 그의 어깨를 토닥일 뿐이다. 장동훈 검사는 아무 감정이 보이지 않는 표정을 지으며 턱에 힘을 준다.

감정을 버린다. 홍수처럼 계속 차오르는 감정을 내보낸다. 깊고 깊은 어딘가에 감정을 묻는다.

"동훈아, 시발… 형이 미안하다."

백 의원의 말이 결국 장동훈 검사를 좌절시킨다. 그는 슬픈 눈꼬리를 내리며 백 의원을 바라본다.

"그럼 한 가지만 대답해 줘, 당신이 대통령이라면 이영환 살릴 거야, 죽일 거야?"

백 의원은 고개를 끄덕이며 장동훈 검사의 어깨를 세게 한 번 내리친다. 그리고 밖으로 나간다. 그게 백 의원의 대답이다. 장동훈 검사는 그를 붙잡지 않는다.

쓰라리다. 비통한 한숨이 나온다. 어릴 때 자신의 앞에서 범죄자를 죽여 버리겠다고 말했던 백 검사가 생각난다. 가슴이 공허하다. 이게 얼마 만에 감정을 억제할 수 없었던 것인가. 차오르는 감정이 그를 덮쳐 휩쓸어 간다. 같은 시각, 이영환도 다른 휴게실에 있다. 그의 맞은 편에는 양복 차림의 정부 보좌관이 앉아 있다. 박재준 변호사는 보이지 않는다. 보좌관은 테이블에 서류 봉투 하나를 올려놓고 이영환에게 따듯한 차 한 잔 따라 준다.

"그래서 저는 어떻게 되는 겁니까?"

이영환은 보좌관의 명함을 이리저리 살펴보며 질문을 건넨다.

"이영환 씨는 재판 판결과 같이 다음 주에 직접 수술해 주시면 됩니다. 수술 인원은 저희 쪽에서 2명 정도로 계획하고 있는데, 괜찮으십니까? 원하시면 인원을 더 추가하셔도 상관은 없습니다."

이영환은 고개를 저으며 추가 수술 인원은 필요 없다는 뜻을 보낸다. 수술 인원이 적으면 처음에 공개할 의학 기술이 적어지니 이영환의 입장에서는 인원이 적을수록 이득이다. 어차피 성공만 하면 되는 수술이다.

"그럼 이제부터 진행할 계획을 간단하게 설명해 드리자면 내일 08시부터 온라인으로 수술 대상자 지원이 시작될 것입니다. 이영환 씨의 수술 날짜 전날에 2명의 수술 대상자분이 선정됩니다. 그리고 저희가 절차를 통해 그분들을 이송하고 다음 날 이영환 씨는 수술하시면 됩니다."

보좌관은 자신의 양복 재킷 속주머니에서 명함 하나를 꺼내 이영환에게 건넨다. SS 그룹 기획 본부 이사의 명함이다.

"이번 이영환 씨의 수술 계획을 정부 홀로 진행하는 것에 어느 정도 한계점이 있기 때문에 SS 그룹의 힘을 빌릴 겁니다. 수술실 제작 및 수술 장비나 의학 물품 준비, 수술 대상자 검진 등을 SS 그룹에서 맡기로 했고, 이영환 씨는 어떠한 대가나 비용 지불을 할 필요가 없습니다."

보좌관은 말을 마치고 테이블 위에 놓여 있는 서류 봉투를 집어 든다. 그리고 봉투 안에서 4장으로 묶인 종이 뭉치를 꺼내 이영환에게 건넨다.

"이영환 씨의 수술 계획서를 간단하게 정리한 것입니다. 읽어 보시고 질문 있으면 편하게 말씀 주시면 됩니다."

이영환은 수갑을 찬 손으로 건네준 종이를 받는다.

계획서의 첫 장은 수술 준비 단계가 적혀 있다. 수술실 제작과 필요한 수술 장비 및 의학 도구 그리고 수술실을 배치할 장소와 수술실 조립, 설치 방법이 간략하게 적혀 있다. 그리고 필요 인원도 적혀 있다. 제작팀, 운송팀, 설치팀, 감독팀, 소독팀, 경호팀, 간호팀 총 7팀이다.

"간호팀은 왜 있죠? 수술은 무조건 저 혼자만 진행하는 건데요?"

"그 부분에 대해서 설명해 드리자면 간호팀은 이영환 씨의 수술 준비와 수술이 끝난 후 처리 및 수술 대상자 호송 과정만 맡아 주실 겁니다. 이영환 씨가 수술을 하실 때는 수술실에 아무도 없습니다. 간호팀은 총 5분으로 이뤄져 있고 전부 숙련된 간호사분들이니 수술 준비 상태에 대해서는 걱정 안 하셔도 됩니다."

이영환은 고개를 끄덕이며 한 장을 넘긴다. 두 번째 장은 수술 대상자 선정 방법과 수술 대상자의 이송 및 검진, 관리에 관한 내용이 적혀 있다.

"혹시 치료가 불가능한 특정 질병이 있으십니까?"

이영환은 보좌관의 질문에 기분 나빠 하며 그를 잠시 째려보다 다시 수술 계획서를 읽는다.

"심리적 질환 외에는 죽은 사람도 상관없어요."

이영환은 다음 장을 넘긴다. 그리고 한 장을 더 넘겨 계획서의 마지막 장을 읽는다. 수술 이후 대상자 이송과 이영환 이송, 수술실 해체 및 처리 과정이 간단한 그림과 함께 적혀 있다. 이영환은 끝까지 읽어 본 후 들고 있던 수술 계획서를 테이블 위에 내려놓는다.

"수술에 성공하면 저는 어떻게 되는 건가요?"

이영환은 자신이 가장 궁금했던 질문을 던진다. 보좌관은 이영환이 내려놓은 수술 계획서를 집어 서류 봉투 안에 넣으며 그의 질문에 대답해 준다.

"이영환 씨가 수술을 성공하시면 우선 현재 계시는 구치소에서 나와 다른 곳으로 이송되실 겁니다. 그곳이 어디인지는 아직 정해진 것이 없어 말씀드릴 수는 없지만, 구치소보다는 지내기 훨씬 편하실 겁니다. 그리고 이영환 씨가 발표한 모든 조건 사항을 가지고 저희랑 여러 이야기 좀 나눌 것 같습니다. 어찌 되었든 결과적으로 대통령님께서 특별사면할 겁니다. 근데 저희도 여러 가지 일을 처리해야 합니다. 그리고 이영환 씨가 수술을 성공한 후 사면에 대한 사회적, 외교적 문제도 해결해야 하기에 사면까지는 시간이 걸릴 수도 있습니다. 그 정도는 고려해 주셔야 합니다."

이영환은 피식 웃는다. 그리고 고개를 꺾어 호탕하게 웃기 시작한다. 보좌관은 서류 봉투에서 또 다른 종이 뭉치를 꺼내고 양복 재킷 가슴 주머니에 걸려 있는 고급스러운 볼펜과 함께 테이블 위에 올려둔다.

"이거는 수술 계약서입니다. 읽어 보시고 서명해 주시면 됩니다."

보좌관의 말에 이영환은 꺾여 있던 고개를 다시 들고 웃음을 서서히 멈춘다. 보좌관은 정중한 손짓으로 계약서를 가리킨다.

"질문 있으시면 언제든지 편하게 말씀해 주시면 됩니다."

이영환은 얼굴에 웃음기를 싹 빼고 계약서를 들어 꼼꼼히 읽어 본다. 정부는 이영환의 조건을 지키고 이영환도 정부에 조건에 응한다는 계약서가 첫 장이다. 다음 장은 만약 수술이 잘못되거나 두 명의 수술 대상자에게 어떠한 문제가 생길 시 모두 이영환의 책임이라는 서약서다. 다음 장을 넘긴다. 모든 비용은 정부와 SS 그룹이 공동으로 지불한다는 내용과 함께 별로 중요하지 않은 이것저것이 적혀 있다.

"이 정도면 완벽합니다."

이영환은 보좌관이 건넨 볼펜의 뚜껑을 연다. 그리고 계약서를 첫 장으로 넘겨 글자 하나도 빠짐없이 다시 읽어 보며 서명한다.

"서명 다 했습니다."

이영환은 볼펜과 서명한 수술 계약서를 보좌관에게 건넨다. 보좌관은 건네받은 계약서를 한 장씩 넘겨 가며 그가 빠트린 서명이 없는지 확인해 본다. 서명을 빠트리거나 잘못 서명한 곳은 없다. 보좌관은 서명받은 계약서를 서류 봉투에 다시 넣고 볼펜은 가슴 주머니에 꽂는다.

"이영환 씨, 지금부터 구치소에서 문제가 될 상황이 발생하거나 건의 사항이 있으시면 명함에 있는 저의 번호로 언제든지 전화 주시면 됩니다. 구치소에서 근무하시는 교도관분들께 전화하고 싶다고 말씀하시면 편하게 전화 사용이 가능할 겁니다."

보좌관은 자리에서 일어나 이영환에게 예의 있는 인사를 건넨 뒤 밖으로 나간다. 그리고 밖에서 대기하고 있던 경찰들이 들어와 이영환을 데리고 나간다. 이제 자신의 능력을 세상에 증명하고 인류를 구원할 일만 남았다.

이영환의 2심 재판이 끝난 당일 오후 6시에 정부는 공식 기자회견을 열었다. 아까 이영환과 함께 있던 정부 보좌관이 기자회견 단상에 올라 카메라 앞에 모습을 보인다. 그리고 국민을 향해 인사하며 기자회견을 시작한다. 서론은 현재 대한민국의 정부가 생각하는 방향과 법적이고 윤리적이고 어쩌고저쩌고 하는 내용이다. 국가적, 사회적, 인류적 이득을 위해서는…

월요일 아침 지루한 교장 선생님의 훈시 같은 말이 계속해서 나온다. 지금 사람들은 저런 따분한 이야기를 듣기 위해 정부의 기자회견을 보고 있는 것이 아니다. 서론이 끝나고 드디어 이영환의 수술 이야기를 시작한다.

"다음 주에 이뤄질 수술 대상자 지원은 내일 08시부터 다음 주 월요일 23시 59분까지 가능합니다. 정부에서 만든 공식 사이트를 통해서만 지원할 수 있고 사이트는 내일 07시 50분에 공개될 예정입니다. 대한민국 국적을 가지신 모든 대한민국의 국민은 수술 지원이 가능합니다. 공식 사이트에서 성명과 주민등록번호를 입력하시고 그 신분으로 진단받은 병명을 선택하여 수술 지원을 하시면 됩니다. 수술 대상자는 남녀 각각 1명 총 2명의 인원을 선정할 것입니다. 1인 1회 지원할 수 있고 선정된 수술 대상자는 다음 주 화요일에 정부에서 개인적으로 연락을 드릴 겁니다. 자세한 내용은 정부 공식 사이트를 통해 확인하시기 바랍니다. 이상입니다."

[속보] 이영환 수술 반대 요청 쇄도… 유엔 "인류 역사 최대 오점"

[속보] 지난 N일 이영환의 2심 재판이 그의 수술 진행으로 판결이 나고 현재 수많은 국민이 분노한 상황이다. 2심 재판 당일 이영환의 수술 판결을 취소해 달라는 국민 청원이 하루 만에 300만 명 넘게 참여했다.

223명을 인체 실험으로 사망케 한 최악의 범죄자의 요구를 들어준 현 정권에 대한 비판이 극에 달하고 있고 이영환의 수술을 반대하는 사람들은 내일부터 대규모 시위를 벌일 것으로…

.

.

.

유엔 인권 최고 대표는 이번 대한민국 정부의 판단이 가장 멍청한 윤리적 오점이라며 대한민국 정부를 공개적으로 비난했다.

오늘 밤 저번 주 신문 akwlake@dlfRk.com

6장

폭풍의 전야

이영환은 경찰들에게 이끌려 재판장 밖으로 나가 어떤 양복쟁이를 만난다. 박재준 변호사도 이영환을 따라 다급히 재판장 밖으로 나갔지만 지금 2명의 경호원에게 길이 막혀 있다.

　"저 이영환 법률 대리인입니다. 손 치우세요!"

　박재준 변호사는 인상을 잔뜩 구기고 자신을 막아서는 경호원의 얼굴에 큰소리를 뱉는다. 그리고 다시 이영환을 따라가려 하지만 경호원들은 꿈쩍도 안 하고 길을 막고 있다.

　"이영환 씨 외에는 아무도 지나가지 못합니다. 돌아가시죠."

　경호원은 무거운 중저음의 목소리와 함께 그를 밀친다.

　박재준 변호사는 현재 법적으로 이영환의 변호인 신분이다. 누군가 자신을 이영환에 나가가지 못하도록 막을 수 없다는 말이다 그는 경호원에게 몸을 힘껏 들이박아 보지만 오히려 자신의 몸이 뒤로 밀려나 자빠질 뿐이다.

박재준 변호사는 바닥에 엉덩방아를 찧고 허리를 잡으며 일어서지 못하고 있다. 허리에 심각한 통증을 느끼고 있는 표정이다. 경호원 중 한 명이 바닥에 앉아 고통을 호소하는 박재준 변호사에게 손을 뻗어 그를 일으키려고 한다. 박재준 변호사는 경호원의 팔을 잡아끌어 넘어트리고 이영환에게 달려간다. 하지만 다른 경호원에게 바로 몸이 잡힌다.

"이 새끼야! 놔 봐!!"

경호원에게 허리가 잡힌 박재준 변호사는 그물에 걸린 사냥감처럼 몸부림을 친다.

"이영환 씨! 저도 데려가야 해요!!"

박재준 변호사는 양복쟁이와 이영환이 함께 걸어가는 뒷모습을 향해 목청껏 소리를 지른다. 그의 부름에 이영환은 뒤돌아보지 않는다. 옆에 있는 양복쟁이도 귀가 막힌 듯 들은 체도 안 한다. 양복쟁이는 어떠한 말을 이영환에게 건네고 이영환은 진지한 표정으로 고개를 끄덕인다.

박재준 변호사는 이를 꽉 깨물고 미친 듯이 몸부림을 쳐 보지만 경호원에게 허리가 꽉 잡혀 꼼짝도 못 한다. 경호원은 그를 벽으로 밀치고 팔을 잡아 등 뒤로 꺾는다.

"이영환!! 내 딸 좀 제발 살려 줘!!!"

완전히 제압당한 박재준 변호사의 처절한 외침이 재판장 복도에 울려 퍼친다. 그는 멈추지 않고 계속해서 소리를 지른다. 목에 피가 터지도록 소리친다. 하지만 아무도 신경 쓰지 않는다. 이영환은 양복쟁이와 함께 그의 눈앞에서 완전히 사라진다.

"이영환!!!"

박재준 변호사는 경호원에게 이끌려 법원 밖으로 내쫓겼다. 그는 우선 자신의 차 안으로 들어가 있는다. 자신은 이영환에게 비참히 버려졌다. 핸들에 머리를 박으며 악 소리를 지른다. 그래도 아직 모르는 일이다. 이영환이 다시 자신을 찾을 수도 있다. 마음을 가다듬고 이영환을 기다려 본다.

그는 핸드폰을 자동차 핸들 위에 거치시킨다. 혹시 양복쟁이에게 전화가 올 수도 있다. 그리고 전화가 왔다. 하지만 아내다. 분명 아내도 병동에 있는 많은 사람과 함께 TV로 이영환의 2심 재판을 보고 있었을 거다. 그리고 이영환의 수술 판결이 나왔을 때는 병동의 분위기가 환호성과 함께 축제로 변했을 거다. 그런데 어떻게 아내에게 자신이 지금 이영환에게 버려졌다고 말할 수 있을까? 그가 고민하는 사이 아내의 전화가 끊겼다. 그리고 다시 걸려 온다. 박재준 변호사는 눈을 꽉 감고 다시 핸들에 머리를 박는다. 아내의 전화를 도저히 받을 수 없다.

시간은 어느새 오후 6시가 되었다. 그동안 이영환은커녕 양복쟁이의 털끝 하나 보이지 않았다. 박재준 변호사는 핸드폰으로 방금 시작한 정부의 기자회견을 보고 있다. 아까 이영환과 함께 걸어가던 양복쟁이가 단상에 오른다. 박재준 변호사는 핸드폰의 소리를 가장 크게 높이고 조수석에 던진다. 그리고 차를 거칠게 이끌어 법원을 나와 구치소로 향한다. 이영환은 양복쟁이와 이야기를 끝내고 지금 구치소에 있다.

[수술 대상자는 화요일 08시부터 정부에서 개인적으로 연락을 드릴 겁니다. 자세한 내용은 정부 공식 사이트를 통해 확인하시기 바랍니다. 이상입니다.]

정부의 기자회견이 끝났다. 박재준 변호사의 격분이 걷잡을 수 없이 넘쳐흐른다. 온몸에 피가 끓고 눈알이 뒤집혀 터질 것 같다. 그는 구치소에 도착하고 차에서 내려 건물 안으로 뛰어 들어간다.

"죄송합니다. 이영환 씨를 만나실 수 없습니다."

박재준 변호사의 앞을 막아선 교도관이 대충 고개를 숙인다. 박재준 변호사는 교도관을 당장 죽여 버릴 듯이 노려본다. 입안에 욕설이 가득 담긴다. 이마에는 핏줄이 바짝 서고 이를 바드득 갈린다. 이성의 끈이 느슨해진다.

"제가 이영환 변호사인데 왜 못 만나죠?"

박재준 변호사의 악문 잇새로 말이 새어 나온다.

"이영환 씨가 변호사님을 만나기를 거부하십니다."

교도관의 말에 그의 머리가 펑 하고 터진다. 눈을 꽉 감고 배에 식칼이라도 찔린 것처럼 비명 같은 소리를 내지른다.

"시발!!"

몸을 가만히 두지 못하고 이리저리 방방 뛰다 갑자기 교도관과 눈을 마주친다. 참을 수 없는 분노가 눈을 가린다.

박재준 변호사는 여러 교도관에게 질질 끌려 구치소 밖에 던져진다. 그의 오른쪽 뺨은 교도관의 주먹에 맞아 팅팅 부어 있고 코에는 옅은 피가 흐른다. 제대로 난동도 피우지 못하고 바로 제압당했다. 그는 코에서 흘러나오는 옅은 피를 손으로 대충 닦으며 터벅터벅 차로 걸어간다.

전화가 울린다. 또 아내다. 하지만 전화를 받을 용기가 없다. 지금 자신의 상황이 너무 답답하고 화가 치밀어 올라 눈물이 흐를 지경이다. 꽉 막힌 한숨을 내쉬며 세상을 원망한다.

자신이 할 수 있는 것은 없고 이제 딸은 죽는다. 아니…, 이영환을 납치해 고문이라도 해서 딸을 살려야 한다. 뭐든지 해야 한다.

수술까지는 7일 남았다.

의사와 장애인 복지 재단 총파업

    지난 N일부터 4곳의 대형 병원과 1,600여 명의 의사 그리고 전국의 장애인 복지 재단이 이영환의 2심 재판 판결에 반하는 대규모 총파업에 돌입했다.

    현재 이영환의 의학 기술을 반겨야 하는 직종의 사람들이 총파업을 한 상황이다. 이에 많은 사람이 비난하고 있으며…

.

.

.

    아직 대한의사협회는 파업에 관한 아무런 입장을 발표하지 않았고 정부는 N+3일까지 파업을 계속 시행한다면 법적 처벌을 받을 수 있다고 경고했다.

일 월초 기자 dlrjakwlakr@dlswnf.com

    어제 수술 지원 공식 사이트가 올라왔다. 박재준 변호사는 당연히 딸의 수술 지원 신청을 넣었다. 미성년자나 스스로 지원이 불가능한 인원은 보호자가 대신 수술 지원을 할 수 있었다. 아내와 아직도 전화를 하지 않았다. '내가 수술 지원했어, 나중에 전화할게'라는 문자 한 통만 남겼을 뿐이었다. 박재준 변호사도 자신이 정말로 찌질하고 가장 멍청한 짓을 하고 있다는 것을 잘 알고 있지만, 도저히 아내와 전화할 용기가 생기지 않았다. 이제 딸의 시간은 별로 남지 않았다. 누가 알려 주지 않아도 박재준 변호사 본인이 가장 잘 알고 있는 사실이다.

박재준 변호사는 지금 속옷 하나만 걸친 채 호텔 침대 위에 죽은 사람처럼 널브러져 있다. 머리가 어지럽고 속은 울렁거린다. 서류 가방이 항상 올려져 있었던 책상 위에는 8개의 빈 소주병이 무질서하게 서 있다. 냉장고 앞에는 물병이 뚜껑 없이 뒹굴고 있고 토사물이 바닥에 쏟아져 있다.

이영환과 만나기 위해 별의별 짓을 다 해 봤지만 결국 만날 수 없었다. 딸은 죽어 가고 있고 딸을 살릴 수 있는 이영환은 자신을 버렸다. 한심하고 무능력하다는 생각이 정신과 육체를 썩히고 있다. 이 세상을 원망한다. 모든 불행이 자신에게 찾아온 것이다. 누군가의 저주에 당한 거다.

박재준 변호사는 딸의 이름을 웅얼거린다. 화면이 켜져 있는 TV 외 소리는 귀가 아플 정도로 높이 올라가 있다. 뉴스가 나온다. 그는 겨우 고개만 돌려 뉴스를 본다. 초점 흐린 눈과 입에는 토사물의 잔해가 묻어 있다. TV에서 흘러나오는 앵커의 말이 귀에 들어오지 않고 그냥 지나쳐 간다.

한 남성이 거리에서 분신자살로 생을 마감했다. 이영환의 수술을 반대하면서 말이다. 이영환 사건의 피해자 유가족이다. 진폐증에 걸린 환자다. 박재준 변호사는 뉴스에서 흘러나오는 짧은 몇 문장을 듣고 누군가 머릿속에 떠오른다. 그 남자의 얼굴이 눈앞에 일렁거린다. 그리고 그 남자를 발로 찬 것이 비디오처럼 생생하게 보인다. 고통스러운 듯 좀비 같은 신음을 낸다. 뉴스는 다음 소식으로 넘어간다. 이영환의 수술을 반대하는 집단이 대규모 폭력 시위를 일으켰다. 버스와 승용차가 박살이 나 있고 전투경찰이 출동해 시위하는 사람들을 잡아 넘어트려 곤봉으로 때린다. 이영환의 2심 재판이 있었던 법원 앞에 화염병이 날아가 터진다. 화염이 휘날리고 깃발이 하늘을 향해 떠오른다. 건물의 유리창이 깨지고 사람들이 소리를 지르며 뛴다. 아픈 사람이 집단 폭행을 당한다. 댄디·워커 증후군을 앓는 한 아이가 시위에 휩쓸려 사망했다. 크게 다친 사람만 24명이라고 앵커는 암울한 표정을 지으며 말한다. 박재준 변호사의 눈이 스르륵 감기고 기절하듯 잠에 든다.

수술까지 5일 남았다.

장동훈 검사는 평일이지만 출근은 안 하고 집에 있다. 검찰청에서 강제로 휴가를 내보냈다. 하지만 일이 없다고 지금 어디 놀러 갈 수도 없다. 밖에 나가면 그의 얼굴을 알아보는 사람이 꽤나 있었기 때문이다. 높으신 분의 말씀대로 사람들은 그가 법정에서 보여 준 불같은 정의감에 반했고 언론에서는 정의의 용사라며 그를 치켜세웠다. 장동훈 검사는 스스로 용사라고 부르며 한평생을 살아왔지만, 막상 언론에서 자신을 용사라고 치켜세우니 기분이 썩 좋지 않았다.

그는 지금 방울토마토를 집어 먹으며 뉴스를 보고 있다. 모든 피해자의 사진이 방송으로 공개되어 이영환을 혐오하는 사람들이 기하급수적으로 늘어났다. 하지만 이영환의 의학 기술은 기정사실화되었다. 지금 상황이 흐름대로 계속 흘러간다면 이영환은 죄를 면죄받고 인류의 구원자가 될 것이다. 마침 뉴스에서는 이영환의 의학 기술이 완전히 공개된다면 사회는 어떻게 변하게 될 것인지에 대한 전문가의 예상 시나리오를 보여 주고 있다.

전문가는 이영환의 의학 기술이 공개된 후 사라질 직업을 정리한 표를 화면에 띄운다. 표에 의하면 의료 복지를 중심으로 두는 모든 직업은 사라질 것이다. 장애를 포함한 모든 질병, 질환을 바로 완치할 수 있으므로 의료 복지, 봉사는 필요가 없어진다. 노인들의 치매나 노화로 인한 심각한 건강 문제도 없어질 것이기에 노인 복지 관련 직업도 대부분 사라진다. 그리고 기부 단체, 자원봉사 단체 또한 소멸에 가까운 수준으로 줄어들 것이다. 모든 질병, 질환을 아주 적은 비용으로 치료받을 수 있으므로 더 이상 가난한 아픈 사람들을 위해 돈을 기부할 필요가 없어진다. 전문가의 의견을 뒷받침해 줄 만한 뉴스가 있다. 최근 이영환 사형 찬성 연대의 가입 입원 명단이 공개되었다. 명단에는 대한민국의 기부 단체와 봉사, 복지 단체에 소속된 사람이 대거 있었다. 그리고 대한민국에서 가장 큰 노인 복지 회사가 이영환 사형 찬성 연대에 막대한 돈을 지원한 것까지 밝혀졌다.

전문가는 다른 표를 꺼내어 화면에 띄운다. 간호 인력의 축소와 많은 의학 병과가 합병되어서 사라지거나 축소될 것이라는 표다. 예상치 못한 중증 외 내상 사고를 당하지 않는 이상 대부분의 중증 질환은 병원에서 당일 진료, 당일 수술, 당일 퇴원을 하게 될 것이고 그로 인해 간호사들의 인력이 대폭 축소된다는 의견이다. 수술은 한 명의 의사로 충분하다. 단순히 암 치료만 보더라도 그 유명한 항암 치료가 사라진다. 현재까지 연구된 모든 암 치료 기술은 버려지고 이영환의 의학 기술이 자리 잡을 것이다. 의사들은 자신이 평생 공부해 왔던 의학 지식을 모두 부정당하고 이영환의 의학 기술을 다시 공부해야 한다. 의사들은 큰돈을 벌지 못한다. 이영환의 의학 기술은 개인적인 영리 목적으로 사용할 수 없기 때문이다. 전문가는 또 다른 표를 꺼낸다. 안경과 보청기, 휠체어가 사라진다⋯

장동훈 검사는 TV를 끄고 자신의 방으로 들어가 책상 앞에 있는 의자에 앉는다. 그리고 담배 하나를 입에 문다. 모든 게 끝에 다다르고 있다. 담배 연기가 몽글몽글 올라온다.

수술까지 3일 남았다.

7장

양단의 증명

대망의 수요일이 되었다. 선정된 2명의 수술 대상자는 현재 SS 그룹 병원에 이송되어 수술을 기다리고 있다. 오늘 이영환이 수술할 장소는 수원에 있는 넓은 평원이다.

대통령의 경호를 맡았던 대한민국 최고의 경호팀이 새벽부터 평원에 쫙 깔려 삼엄하게 경계를 하고 있다. 그리고 거대한 하얀색 컨테이너를 실은 트럭 5대와 대형 버스 2대가 평원에 들어온다. 하얀색 컨테이너에는 SS 그룹과 대한민국 정부의 로고가 함께 그려져 있고 1에서 5까지의 숫자가 각자 하나씩 새겨져 있다. 바로 SS 그룹에서 특수 제작한 설치용 수술실 컨테이너다.

수술실을 설치할 장소에 컨테이너 트럭이 정차한다. 5분 뒤에 트럭에서 컨테이너를 옮길 중장비까지 평원에 도착하자 대형 버스에서 설치팀이 내려 수술실을 설치할 바닥에 고무 재질 판을 깔기 시작한다. 가로 10M, 세로 50M 크기에 초대형 고무판이다. 고무판의 설치가 끝나고 중장비는 컨테이너를 새겨져 있는 숫자 순서대로 고무판 위에 내려 세로로 나열한다. 그리고 감독팀의 통제에 따라 각 컨테이너의 위치를 미세하게 조정하여 한 치에 오차 없는 완벽한 열을 맞추고 컨테이너의 조립을 시작한다. 컨테이너의 조립이 완료되자 이영환이 요구한 의학 도구와 각종 약품이 담겨 있는 상자가 컨테이너 안으로 들어간다. 컨테이너의 내부 준비까지 완료되고 투명한 고무 튜브가 돔 형태로 컨테이너 전체를 감싸며 설치된다. 커다란 투명 돔 안에 기다란 컨테이너가 들어 있는 모습이다. 그리고 소독팀이 튜브 안에 들어가 튜브 안과 컨테이너 전체를 먼지 한 톨 없이 청소하고 살균한다.

수술 시작 3시간 전, 숙련된 간호사 5명으로 이뤄진 간호팀과 2명의 경호원이 튜브 안으로 들어가 설치되어 있는 간이 천막 안에서 방진복으로 갈아입고 몸 소독을 받는다. 그리고 그들은 컨테이너 안으로 들어가 수술 준비를 시작한다.

수술 시작 2시간 전, 정부에서 허락한 2명의 카메라맨이 평원에 도착한다. 이들은 이영환이 수술을 끝낸 후부터 수술 대상자의 검진 결과가 나올 때까지를 끊김이 없이 촬영하여 방송으로 내보낼 것이다. 그리고 수술 컨테이너에서 200M 떨어진 곳에 대한민국 대표 방송국 카메라 1대가 설치되어 지금부터 이곳 평원에 상황을 방송으로 보여 줄 것이다. 이영환이 영상 촬영을 허락한 부분은 여기까지이다. 컨테이너에 들어갔던 간호팀 중 한 명이 컨테이너 밖으로 나와 수술 준비가 완료되었다는 신호를 보낸다.

수술 시작 1시간 전, 수술 대상자를 태운 이송 차량이 경호 차량을 양옆에 붙이고 평원에 도착한다.

이름: 위예주 / 성별: 여 / 나이: 56 / 병명: 당뇨, 고혈압, 갑상선
역형성 암
이름: 김범 / 성별: 남 / 나이: 09 / 병명: 소아 악성 뇌종양

수술 대상자들의 간단한 신상 정보와 병명이 방송 화면에 떠오른다. 2명의 앵커는 데스크에 앉아 현재 수술 준비 진행 상황에 대해서 중계하고 있다. 그리고 관계자 외에 인원이 평원에 접근할 시 법적 처벌을 받을 수도 있다고 경고한다.

수술 시작 50분 전, 평원에 도착한 수술 대상자들은 튜브 안으로 들어가 간이 천막 안에서 수술복으로 갈아입는다. 그 둘이 수술복으로 갈아입고 천막 밖으로 나와 간호사와 이야기하는 모습이 방송 화면에 잡힌다. 하지만 어떤 내용의 이야기를 하는지는 알 수 없다. 수술 대상자들은 간호사의 말에 고개를 끄덕이고 컨테이너 안으로 들어간다. 앵커는 컨테이너 내부가 간단하게 그려진 판을 들고 1번 컨

테이너는 수술 대상자와 이영환의 신체 소독을 진행하는 곳이라고 말한다.

수술 시작 20분 전, 경찰 이송 차량이 평원 안으로 달려온다. 이영환이다. 튜브 입구 앞에 차량이 정차하고 이영환이 내린다. 경찰은 그의 수갑을 풀어 주고 이영환 혼자 튜브 안으로 들어간다. 그는 천막에서 옷을 갈아입지 않고 바로 간호사와 마주 보며 대화를 나눈다. 수갑 때문에 손목이 불편했는지 손목을 계속 돌리고 있다. 이영환은 고개를 끄덕이며 이해했다는 표현을 간호사에게 보내고 간호사와 함께 컨테이너 안으로 들어간다.

컨테이너 안으로 들어간 이영환은 간호사의 지시에 따라 입고 있던 죄수복과 속옷까지 모두 벗고 가만히 서 있는다. 그리고 미리 컨테이너에 들어와 있던 두 명의 경호원 중 한 명이 이영환의 몸 검사를 한다. 다른 한 명은 삼단봉을 꺼내 들고 이영환과 마주 서 있다. 1번 컨테이너의 왼쪽 벽면에는 2개의 모니터가 달려 있다. 오른쪽 모니터에는 위예주의 인적 사항과 병명, 특이 사항이 띄어져 있고 왼쪽 모니터에는 김범의 인적 사항과 병명 그리고 특이 사항이 보인다.

몸 검사가 끝난 이영환은 신체 소독을 받고 간호사가 건넨 멸균된 속옷과 반팔 티를 입는다. 그리고 모니터에 보이는 수술 대상자들의 병명과 특이 사항을 읽어 본다.

옷을 갈아입은 이영환은 간호팀과 함께 2번 컨테이너로 들어간다.

그는 설치되어 있는 세면대에서 스크럽을 한 후 간호사가 그에게 수술 가운을 입힌다. 마스크를 씌워 주고 수술용 장갑을 끼워 준다. 그리고 3번 컨테이너로 가서 수술을 시작하기 전 마지막으로 모든 것을 점검한다.

간호사는 이영환에게 수술에 필요한 모든 것이 준비되어 있는지 체크한다. 그리고 수술 대상자들의 병명과 특이 사항을 다시 한 번 숙지시킨다. 이영환은 간호사에게 현재 모든 것이 완벽하다는 신호를 보낸다. 신호를 받은 간호사는 뒤돌아 컨테이너에 있는 모든 사람에게 외친다.

"모두 나가 주세요. 경호원분들까지요!"

이영환은 3번과 4번 컨테이너의 경계에 가만히 서 있다. 간호팀과 경호원이 컨테이너 밖으로 완전히 나갈 때까지 아무런 행동도 취하지 않는다. 계약서의 조건 중 수술 대상자와 이영환을 제외한 인원이 수술 도중에 컨테이너 안으로 들어온다면 진행 중인 수술을 멈춰도 된다는 조건이 있다.

이영환과 수술 대상자들을 제외한 모든 사람이 컨테이너 밖으로 나가고 컨테이너의 입구가 굳건히 닫힌다. 그제야 이영환은 뒤돌아 한 발자국 걸음을 벌려 4번 컨테이너로 들어간다.

나의 생애를 인류 봉사에 바칠 것을 엄숙히 서약하노라.

한 발자국 더 벌려 걸어간다. 저 멀리 2개의 수술대가 보인다.

나의 은사에 대하여 존경과 감사를 드리겠노라.

더 깊이 걸어간다. 서서히 차가운 수술실의 공기가 느껴진다.

나의 양심과 품위를 가지고 의술을 베풀겠노라.

4번 컨테이너의 절반까지 걸어왔다. 머릿속으로 수술 계획을 되새긴다. 모든 것이 완벽하다.

나는 환자의 건강과 생명을 첫째로 생각하겠노라.

고요하다. 집중하기 너무나 좋은 조건이다.

나는 환자가 나에게 알려 준 모든 것에 대하여 비밀을 지키겠노라.

수술 예상 시간은 2시간 정도. 기지개를 켜며 몸에 근육을 이완시킨다.

나는 의업의 고귀한 전통과 명예를 유지하겠노라.

4번 컨테이너의 끝이다. 수술복을 입고 누워 있는 두 명의 얼굴이 보인다.

나는 동업자를 형제처럼 여기겠노라.

5번 컨테이너 안으로 들어가고 수술실 전체를 둘러본다.

나는 인종, 종교, 국가, 정당 관계, 사회적 지위 여하를 초월하여 오직 환자에 대한 나의 의무를 지키겠노라.

정부에게 요구했던 모든 수술 도구와 의학 물품이 있다. 생각보다 넉넉하게 챙겨 줬다.

나는 인간의 생명을 그 수태된 때로부터 더없이 존중하겠노라.

이미 마취되어 수술대 위에 누워 있는 환자 앞에 걸음을 멈춘다. 누군가의 도움 따위 필요 없다.

나는 비록 위협을 당할지라도 나의 지식을 인도에 어긋나게 쓰지 않겠노라.

메스 하나를 집어 든다. 오랜만에 느껴 보는 무게감이다.

나는 인류를 구원하겠노라.

이영환의 수술은 시작되었다. 컨테이너 밖에는 간호팀과 2명의 경호원이 튜브 구석에 옹기종기 모여 앉아 있다. 그들은 이영환이 수술을 끝낼 때까지 튜브 안에서 기다려야 한다. 다른 인원은 모두 대형 버스 안에 탑승해 있다. 경호팀만 평원 전체에 배치되어 그 누구도 평원 주변에 얼씬도 못 하도록 경계하고 있다. 수술이 끝나면 수술 대상자들을 SS 그룹 병원으로 이송할 구급차 두 대도 평원에 도착해 대형 버스 옆에서 대기하고 있다.

수술이 시작된 지 1시간 55분이 흐른 시점에 이영환이 컨테이너 밖으로 나와 수술 가운을 벗는다. 피에 젖은 수술 장갑을 벗고, 쓰고 있던 마스크와 함께 바닥에 내팽개친다. 그리고 양손을 등 뒤에 놓고 엎드린다. 튜브 안에 있던 2명의 경호원이 엎드려 있는 이영환에게 수갑을 채우고 튜브 밖에 있는 호송 차량으로 끌고 간다. 그리고 이제부터 촬영을 진행할 2명의 카메라맨이 튜브 안으로 들어간다. 그렇게 수술이 끝난 수술 대상자들은 카메라와 함께 SS 그룹 병원으로 이송되었다. 그들은 수술받은 지 1시간도 지나지 않았지만 어떠한 불편함 없이 거동이 가능했고 현재 정밀 검사를 진행 중이다. 검사 결과가 나오려면 아직 많은 시간이 남았지만, 이영환의 수술은 완벽하게 끝났다. 저번에도 말했듯이 이영환은 절대로 수술에 실패하지 않는다.

이영환의 수술이 있는 날에도 시간은 멈추지 않고 어김없이 달이 떴다. 장동훈 검사는 별일 없이 퇴근 후 오랜만에 형의 집에 찾아갔다. 서로 간단한 안부 인사를 나누고 같이 소파에 앉아 이런저런 이야기를 나눈다. TV에는 이영환에게 수술받은 위예주와 김범의 검사 발표가 나온다. 둘 다 가지고 있던 모든 질병이 몸에서 완전히 사려졌다. 이영환은 수술에 성공했고 그의 의학 기술이 사실이라는 게 확증된 역사적인 순간이다.

"형은 이영환 어떻게 생각해?"

장동훈 검사는 무심하게 질문 하나를 던진다. 하지만 형은 그의 질문을 무시하며 묵묵하게 TV를 본다. 위예주는 격한 울음을 터트리며 인터뷰하고 있다. 인터뷰라고 말하긴 했지만, 그저 그녀가 대성통곡하는 모습을 보여 주는 것이다. 이제 이영환은 죄를 용서받고 세상을 구원할 일만 남았다. 223명을 입에 담기도 힘든 잔혹하고 끔찍한 인체 실험으로 죽였는데도 말이다.

"시발, 대답해…. 형이라면 이영환 죽일 거지?"

형은 계속 그의 질문을 무시한다. TV 속에서 흘러나오는 시끌벅적한 병원 현장의 소리가 대답처럼 들린다.

"형은 나랑 같이 그 좆같은 일을 당하고 판검사가 되었는데 이러면 안 되잖아."

"살려야지."

형은 짤막한 말 한마디를 내뱉고 소파에서 일어나 부엌으로 간다. 그리고 냉장고를 열어 소주 한 병을 꺼낸다.

"동훈아, 소주 한 잔 할래?"

장동훈 검사는 미간을 구기고 눈을 감고 있다. 질문에 대답은 안 한다. 형은 소주잔을 하나만 챙겨 다시 장동훈 검사의 옆에 앉는다. 소주 뚜껑을 돌려서 열고 소주잔에 소주를 따른다. 형제는 서로 말이 없다. 형은 소주를 한 잔 마시고 동생은 짤막한 한숨을 쉰다.

장동훈 검사는 눈을 뜨고 자리에서 일어난다. 그리고 소파 팔걸이에 걸려 있는 자신의 양복 재킷을 챙겨 현관으로 간다.

"어디 가냐?"

형은 비어 있는 소주잔에 술을 따르며 말한다.

"집 가야지, 다 끝났다."

장동훈 검사는 미간에 힘을 풀고 평온한 표정을 지으며 재킷을 입는다. 형은 그에게 대충 손을 흔들어 주며 동생을 보낸다. 마중은 나가지 않는다.

8장

필연의 운명

운명, 인간에게 주어진 피할 수 없는 결정.

박재준 변호사는 차가운 병원 바닥에 앉아 있다. 그의 몸에서 술
냄새가 잔잔하게 남아 풍긴다. 눈은 곧 죽을 늙은 물고기처럼 초점 없
이 흐리멍덩하다. 힘없이 벌어진 입에서 침이 나와 입술을 타고 흐른
다. 차가운 눈물 한 방울도 볼을 타고 흐른다. 지금 그는 완전히 정신
줄을 놓았다. 아무것도 보이지 않는다. 아무것도 들리지 않는다. 눈을
질끈 감는다. 눈알이 아플 정도로 힘을 줘 눈을 꽉 감는다. 그리고 다
시 눈을 뜬다. 이러한 격한 눈 깜박임을 반복한다. 지금 자신이 마주
한 현실을 믿을 수 없다.

수요일이다. 박재준 변호사의 딸이 죽었다.

이영환이 수술하는 날, 누군가는 죽음의 손아귀에서 벗어나 구원

을 받고 누군가는 죽음의 운명에서 벗어나지 못했다. 이게 무슨 운명의 장난인가?

박재준 변호사는 현재 자신이 어떤 감정을 느끼고 있는지 이해하지 못한다. 복잡하고 순수한 원초적인 감정이다. 극한의 분노? 극한의 슬픔? 무엇일까? 속이 매스껍다. 당장이라도 토가 나올 것 같다. 흐물거리는 의식이 아득한 심연 속으로 가라앉는다.

"시발…. 시발…. 시발…."

그가 숨을 내쉴 때마다 무의식적으로 욕이 같이 섞여 나온다. 이영환은 딸을 살릴 수 있었다. 자신을 버리지 않았다면 딸이 살 수 있었다. 같이 행복하게 살 수 있었다. 다른 가정처럼… 평범한 가족들처럼….

의사와 간호사들이 바쁘게 움직인다. 박재준 변호사는 고개를 든다. 간호사들이 딸의 몸에 붙어 있는 의료 기기들을 떼어 내고 있다. 박재준 변호사는 누군가의 다리를 잡아 내려 몸을 일으킨다. 하얀 병상 위에는 딸이 눈을 감고 누워 있다. 작은 숨소리조차 들리지 않는다. 움직임은 없다.

딸은 죽었어.

누군가 박재준 변호사의 귓속에서 속삭였다. 그는 눈을 감고 고개를 마구 흔든다. 누군가 자신의 머릿속으로 들어온 것 같다. 옛날부터 이러한 느낌이 있었지만, 지금은 확실하게 무언가 들어왔다. 그가 다시 눈을 뜨니 한 간호사가 딸의 산소 호스를 빼내고 있는 것이 보인다. 무의식적으로 간호사의 손목을 잡는다. 간호사는 화들짝 놀라며 그를 쳐다본다.

"그거 빼면 저희 딸은 뭐로 숨 쉬어요?"

박재준 변호사는 완전히 넋이 나간 표정과 함께 힘없는 말을 뱉는다. 간호사는 순간 당황했지만 이런 상황이 자주 있었기에 그의 질문에 성실하게 답해 준다. 하지만 박재준 변호사는 간호사의 말을 이해하지 못한다.

"아니, 그거 빼면 저희 딸이 숨을 못 쉬잖아요?"

꼬마 아이의 때 묻지 않은 순순한 말투다. 간호사의 옆에 있던 의사가 그에게 다시 한 번 상황을 설명해 준다. 박재준 변호사는 그 의사에게 손사래를 치며 지금 아무 이야기도 듣고 싶지 않다는 표현을 격렬하게 표출한다. 그리고 뒤돌아 한 걸음 발을 떼자 무언가 발끝에 덜컥 걸린다. 자신의 아내의 어깨다. 아내는 너무나도 서글프게 울고 있다. 흐르는 눈물이 병원 바닥에 고여 있다. 이제야 그의 귀에는 아내의 울음소리가 들려온다. 듣기 싫은 정도로 시끄럽다. 그는 인상을 찌푸린다. 손이 바들바들 떨리기 시작한다. 울고 있는 아내를 뒤로하고 비틀거리는 걸음과 함께 중환자실에서 나온다.

중환자실 밖, 하얀색 페인트가 말끔하게 칠해진 복도다. 이곳은 너무나도 평화롭다. 죽음의 곡소리가 들리지 않는다. 박재준 변호사는 지금 자신에게 무슨 일이 벌어진 것인지 이해할 수 없다. 정확히는 받아들일 수가 없다. 이영환이 수술만 해 줬다면 딸은 살았다. 장동훈 검사가 이영환의 의학 기술을 자신에게 알려 줬다면… 경찰은 이영환의 기술을 알고 있을 거다.

'아니….'

박재준 변호사는 그 자리에 주저앉는다. 멈출 수 없는 헛웃음이 새어 나온다.

포기한다. 딸은 죽었다. 모든 게 끝이 나 버렸다. 원래 죽을 아이였던 것이다. 이제 이영환이 인류를 구원하든, 경찰이 이영환의 의학 기술을 가지고 있든, 그 무엇도 상관없다. 자신의 운명을 받아들인다. 단념의 한숨과 함께 차가운 눈물이 흐른다. 그간 참고 있었던 모든 눈물이 한꺼번에 터져 나온다. 이 서글픈 울음은 멈출 수 없다. 이제 누군가 울고 있는 자신을 보더라도 상관없다.

박재준 변호사는 운다. 큰소리로 목 놓아 운다. 누군가에게 자신의 울음을 들어 달라는 듯 거칠게 운다.

박재준 변호사는 화장실 세면대에서 세수하고 있다. 수도꼭지의 고개가 가장 차가운 물이 나오도록 꺾여 있다. 그는 얼음장 같은 찬물을 손에 가득 담고 얼굴을 담근다. 그리고 숨이 막혀 버티지 못할 때쯤 얼굴을 뗀다. 병원 복도에서 15분 정도 펑펑 울었다. 얼마나 울었는지 머리가 아프고 목이 다 쉬었다. 그래도 한없이 울면서 모든 것을 쏟아 내니 어느 정도 정신이 말끔해졌다.

그는 세면대의 거울을 본다. 눈이 몽둥이에 맞은 듯 퉁퉁 부어 있고 눈알이 잔뜩 충혈되어 있다. 머리카락도 난리가 아니다. 윗머리는 잔뜩 헝클어져 있고 앞머리는 물에 젖어 뾰족하게 이마에 붙어 있다. 박재준 변호사는 젖어 있는 머리를 털어 대충 넘기고 화장실에서 나와 복도에 잠시 서 있는다. 왼쪽에는 중환자실이 보인다. 하지만 저곳에 들어갈 용기가 나지 않는다. 아직도 딸의 생각이 시도 때도 없이 떠오르며 가슴이 울컥한다. 숨을 천천히 고른다. 우선 병원 밖에 있는 흡연장으로 발길을 옮긴다.

흡연장에는 환자복 차림에 링거를 꽂은 중년의 남성 혼자 담배를 피우고 있다. 박재준 변호사는 그의 옆으로 다가간다.

"아저씨, 담배 하나만 빌립시다."

중년의 남성은 이상한 눈빛으로 박재준 변호사를 위아래로 훑어본다. 기운이 축 빠져 있는 어깨와 충혈된 눈 그리고 중환자실 쪽 문에서 나온 것을 생각하면 대충 그가 지금 어떤 상황에 처했는지 알 수 있었다.

남성은 입고 있는 환자복 주머니에서 담뱃갑을 꺼낸다. 그리고 담뱃갑 안에 들어 있는 담배 한 개비와 라이터를 그에게 건넨다. 박재준 변호사는 담배와 라이터를 받고 흡연장 벤치에 앉아 담배에 불을 붙인다. 그는 원래 담배를 피웠다. 군대에서 담배를 배웠고 하루 한 갑을 넘게 피웠다. 아내를 처음 만나고 연애를 시작하면서 하루에 피우는 담배의 개수를 줄였고 딸을 낳고 나서 담배를 완전히 끊었다.

그는 라이터를 다시 남성에게 건넨다. 그리고 불이 붙은 담배를 빨아들인다. 종이와 담뱃잎이 타들어 가는 소리와 함께 머리가 핑 돌며 기침이 나온다. 거의 10년 만에 피운 담배다. 남성은 박재준 변호사의 옆에 조심스럽게 앉아 같이 담배를 태운다.

"거기… 그… 변호사분 맞죠? TV에 나오시고?"

박재준 변호사는 고개를 끄덕이며 담배 한 모금을 더 태운다. 누군가 또 그의 귓속에서 속삭인다.

이영환 그 새끼는 역시 죽어야 했어.

박재준 변호사는 또 고개를 끄덕인다.

모든 것이 끝났다. 이유는 모르겠지만 후련하다. 그리고 막연한 후회감이 든다. 이영환의 변호사로 일하지 않고 딸과 조금이나마 같이 있을걸…. 딸이 좋아했던 음식이 생각난다. 좋아했던 만화가 기억이 난다. 행복했던 그 순간들이 떠오른다. 또 하염없이 눈물이 흐른다.

그는 담배를 손에 끼고 딸의 이름과 함께 흐느껴 운다. 딸은 분명 좋은 곳으로 갔을 것이다. 그곳에서 하고 싶은 거 다 하며 행복하게 지내.

9장

용사의 숙명

"무죄 받을 생각은 좆 까시고요. 혹시나 사면받고 풀려나면 제가 직접 죽일 거니까 그것도 걱정하실 필요 없어요. 그냥 편안히 있으시면 알아서 죽여 드리겠습니다."

　완연한 가을로 접어든 평범한 밤이다. 불길한 까마귀의 울음소리는 들리지 않고 우울한 비 한 방울도 내리지 않는다. 그리고 이 늦은 밤에 이영환은 교도관과 함께 변호사 접견실로 가고 있다. 만약 지금 박재준 변호사가 자신을 찾아왔다면 분명 만나지 못했다. 아직은 그를 만날 수 없다. 하지만 장동훈 검사가 찾아왔다. 그가 직접 이 시간에 구치소까지 찾아온 것을 보면 분명 무시할 수 없는 이유를 가지고 있다. 변호사 접견실에 도착하기 전까지 장동훈 검사가 자신을 찾아올 만한 이유를 생각해 본다. 하지만 생각이 깊어지면 깊어질수록 표정은 점점 굳어 간다.

이영환은 접견실의 문을 열고 안으로 들어간다. 항상 박재준 변호사가 앉아 있던 자리에는 장동훈 검사가 앉아 있다. 이영환은 자신이 앉던 자리에 앉는다. 장동훈 검사는 처음 보는 검은색 양복을 입고 그 어느 때보다 잘 정리된 머리 스타일을 보여 주고 있다. 테이블에는 담뱃갑이 올려져 있다. 역시나 미간은 구겨져 있지만 풍겨 오는 느낌이 다르다. 드디어 올 것이 온 것이다.

장동훈 검사와 이영환은 서로 아무 말 없이 마주 보고 있다. 인사는 없다. 이유 모를 긴장감이 손끝을 짜릿하게 만든다. 장동훈 검사는 콧김을 짧게 내쉬며 테이블 위에 올려져 있는 담뱃갑을 열어 담배 한 개비를 입에 문다.

"왜 사람들이 이영환 씨를 살리려고 노력할까요?"

"저는 중요한 사람이니까요? 사람들은 늙어서 병드는 게 무섭고 부모님이 다칠까 봐 두렵고 낳은 자식이 아플까 봐 걱정합니다. 근데 저는 이러한 무한한 고통에서 인류를 구원할 사람입니다. 절대로 죽으면 안 되는 존재죠."

이영환은 인자한 미소를 짓는다. 장동훈 검사는 담뱃갑 안에 있던 싸구려 라이터로 담배에 불을 붙이고 진한 담배 연기를 내뱉는다. 다시 정적이 찾아왔다. 이영환은 계속 미소를 띠고 있다. 장동훈 검사는 미간을 구기고 담배를 피운다. 그는 처음부터 이영환을 믿어 왔다. 하지만 이영환은 반드시 죽어야 한다고 생각해 왔다. 물론 지금도 같은 생각이지만….

"검사님, 저는 언젠가 사면받고 의학 기술을 공개하겠죠. 그리고 제가 죽인 223명의 가족은 나중에 아플 거고 그럼 저의 의학 기술을 통해 완벽하게 치료받을 거예요. 좋아할까요? 어떻게 보면 죽어 버린 가족이 자기를 살린 셈인데? 좋아하겠죠?"

이영환은 말끝에 피식거리는 웃음을 붙인다. 장동훈 검사의 미간이 더욱 구겨진다. 담배는 거의 다 피웠다.

"개새끼들은 죽어야 해요. 개인적인 혐오감을 가지고 있지는 않지만, 죄를 지었으면 죗값을 받아야죠. 근데 만약 그 새끼들이 처벌받지 않고 멀쩡히 걸어서 나온다면 나는 용사로서 어떻게 해야 할까?라는 생각을 항상 해 왔어요. 이영환 씨…."

장동훈 검사는 말을 멈춘다. 피우고 있는 담배의 마지막 한 모금을 입에 머금고 이영환을 쳐다본다. 이영환은 입을 다물고 웃고만 있다. 장동훈 검사는 다 피운 담배꽁초를 바닥에 버리고 새로운 담배 한 개비를 입에 문다. 그리고 불을 붙인다.

"저는 이영환 씨를 인간으로서 싫어하지 않아요. 223명을 인체 실험으로 죽인 범죄자 이영환도 혐오하지 않고요. 저는 피해받은 게 없거든요. 하지만 이영환 씨가 멀쩡히 살아서 나가면 이영환 씨에게 죽어 버린 사람의 가족들은 어떡하죠? 이영환 씨가 전 세계적인 영웅

대접받는 것을 보면서 살아가야 해요. 죽고 싶겠죠? 어떻게 그 꼬라지를 봐요… 자기 가족을 인체 실험으로 죽인 새끼가 인류를 구원한 신으로 추앙받는데… 요."

장동훈 검사는 순간 이를 악물었다. 그는 말을 끝내고 타고 있는 담배를 입에 문 채 테이블 아래에서 식칼을 꺼낸다. 그리고 칼을 테이블 위에 올려 둔다. 이영환은 깊은 한숨 끝에 피식 웃는다. 모든 게 예상한 대로다.

"근데 저를 죽이면 장동훈 검사님도 그 개새끼가 되는 거 아니에요? 아니, 더 나쁜 놈이 되는 거죠. 더 많은 사람이 검사님 때문에 피눈물을 흘리며 죽어 갈 건데, 안 그래요? 검사님만 없었더라면 내 자식이 살고 내 부모가 사는 건데… 더 많은 사람이 검사님 원망할 거라고요."

장동훈 검사는 반쯤 피운 담배를 테이블 위에 살포시 올려놓는다. 그리고 손에 잡힌 칼에 많은 생각이 담긴 눈빛을 묻힌다. 이영환은 어떠한 행동도 하지 않고 가만히 앉아 있다. 자신에게 굴러 들어온 운명을 거부 없이 받아들인다.

"이영환 씨, 제가 더 나쁜 개새끼가 되는 거라고요? 알아요. 그래서 저도 죽을 겁니다."

그의 말에 이영환은 장동훈 검사의 얼굴을 본다. 처음으로 미간에 주름이 잡혀 있지 않다. 완전한 무표정이다. 장동훈 검사는 모든 것을 마무리 짓기 전 자신이 그에게 해 줄 수 있는 마지막 호의를 건넨다.

"이영환 씨, 담배 피우세요?"

이영환은 미소를 머금으며 고개를 젓는다. 담배 따위 피우지 않는다. 장동훈 검사는 칼을 들고 일어나 천천히 걸음을 옮긴다. 그리고 이영환의 옆에서 걸음을 멈춘다. 칼끝은 이영환의 목을 가리키고 있다. 이영환은 살포시 눈을 감는다. 자신을 가장 믿는 사람조차 자신을 죽일 정도로 거부하는데 누구를 치료하고 인류를 구원하겠는가?

"검사님, 저는 시대를 잘못 태어난 건가요?"

"아니요, 방법이 잘못된 거죠."

장동훈 검사의 대답에 이영환은 피식 웃으며 턱을 든다. 그의 연약한 목이 훤히 드러난다. 이영환은 정말로 신이 아니다. 죽음을 막을 수 없다.

"검사님, 만약 저를 죽이고 살아 계신다면 00.1°, 00.2°로 가브…"

칼이 이영환의 살을 찢고 목 깊숙이 박힌다. 장동훈 검사는 지금 자신의 행동이 잘못된 선택임을 알고 있다. 하지만 망설임 없이 빠르게 칼을 뽑아 한 번 더 목을 찌른다. 이영환의 피가 비산되어 그의 얼굴에 흩뿌려진다.

이영환은 자신의 목을 부여잡고 의자에서 미끄러지듯 쓰러진다. 장동훈 검사는 칼을 더 꽉 쥐고 계속 그의 목을 찌른다. 목을 감싸고 있는 이영환의 손을 잡아치우고 온 힘을 다해 찌른다. 이영환의 움직임이 없을 때까지, 숨을 멈출 때까지, 죽을 때까지 계속해서 찌른다. 붉은색 피가 사방에 튀고 진한 피비린내가 진동한다. 이영환은 이미 죽어서 완전히 널브러져 있지만 장동훈 검사는 멈추지 않고 계속 찌른다. 이영환의 머리는 당장 몸에서 떨어져 나갈 것처럼 심하게 덜렁거린다. 하지만 장동훈 검사는 3번 정도 더 찌르고 나서 행동을 멈춘다.

그는 거친 숨을 몰아쉰다. 얼굴에는 이영환의 피가 눈물처럼 흐른다. 신의 따뜻한 피가 기분 나쁘게 느껴진다. 앞에는 죽어 버린 이영환의 시체가 있다. 모든 게 끝이 났다. 인류의 역사가 바뀔 거대한 사건이 허무하게 끝나 버린 것이다.

숨을 개운하게 내쉰다. 신을 죽였다. 손에 든 칼을 놓고 테이블로 걸어가 아까 내려놓았던 담배를 입에 문다. 이영환을 믿었다. 이영환은 모든 병을 치료할 수 있었다. 이영환은 반드시 이 세상에 필요한 사람이었다.

장동훈 검사는 많은 범죄자를 사형으로 죽였지만 단 한 번도 후회하거나 죄책감을 가져 본 적이 없다. 죽어야 하는 놈이 죽었을 뿐이다. 하지만 이영환을 죽인 것이 맞은 행동이었을까? 아니, 후회 따위는 하지 않는다. 옳은 일을 한 것이다. 자신을 믿는다. 이영환을 죽인 것이 피해자 유가족들을 위한 마지막 복수다. 용사의 숙명이다.

그는 마지막으로 담배를 길게 빨아들이고 다시 테이블 위에 내려놓는다. 그리고 바닥에 내려놓았던 피에 젖은 칼을 든다. 칼끝이 자신의 목을 보게 잡는다. 눈을 감고 칼끝을 자신의 목젖에 붙인다.

내가 나를 복수한다. 나는 반드시 죽어야 한다.

이영환 그 새끼는 역시 살아야 했어.

10장

구원의 역설

이영환을 내 손으로 죽인 그날 나는 결국 죽지 못했다. 스스로 내 목에 칼을 찔러 넣지 못했다는 말이다.

　나는 이영환이 죽으면 얼마나 많은 사람이 절망에 빠질지 알고 있었다. 평생 나를 원망할 것이다. 그렇기에 나는 반드시 죽어야 했다. 하지만 병신같이 죽지 못했다. 팔에 아무리 힘을 줘도 내 목젖에 붙은 칼은 미동도 하지 않았다. 죽음에 대한 극한의 두려움이 몸을 지배한 것이다.

　이영환의 시신은 정부에서 극비로 처리했다고 한다. 시신을 화장했고 유골은 어딘가에 잘 묻었다고만 전해진다. 하지만 아무도 이영환이 죽었다는 뉴스를 믿지 않았다. 갑자기 사건 담당 검사가 피고인을 찾아가 죽였다는 것을 믿기 쉽지 않았다. 몇 주 전 토크쇼에 나의 이영환이 정보국 소속 연구원이라고 주장했던 남성의 말이 사실이 아니냐는 의혹도 생겨났다. 이영환이 죽었음에도 이신교는 계속 성행하여 더 큰 종교로 발전했고 사람들은 멈추지 않고 이영환의 의학 기술을 찾기 위해 전국 방방곡곡을 뒤지고 있다.

뭐… 어쨌든 나는 살인으로 재판에 올랐다. 재판장은 많이도 가 봤지만 피고인 자리는 처음 앉아 봤다. 재판이 시작되고 나는 판사에게 사형시켜 달라고 소리쳤다. 스스로 죽지 못했다면 차라리 법이 날 죽여 주기를 바랐다. 나와 같은 검사가 나타나서 날 죽여 주기를 원했다. 하지만 용사 같은 검사는 나타나지 않았고 결국 징역 43년을 선고받고 교도소에 수감되었다.

교도소에도 아픈 사람과 아픈 사람들의 가족은 많았다. 무인도에 가지 않는 이상 이런 사람들은 전 세계 어디에나 있을 거다. 그런 사람들에게 교도소에 들어간 첫날부터 죽도록 맞았다. 이영환이 살았으면 자신의 아내가 살고 아버지가 살았을 거라고 지껄이며 나를 짓밟았다. 남에게는 아무렇지 않게 좆같은 짓을 저질러 놓고도 말이다.

나는 매일같이 처맞았음에도 저항은 하지 않았다. 차라리 이대로 맞아 죽었으면 좋겠다고 생각했다. 일부러 머리나 가슴을 더 내밀어 맞았다. 하지만 사람은 쉽게 죽지 않았고 2주 동안 하루도 빠짐없이 맞은 결과 왼쪽 눈이 슬슬 보이지 않기 시작했다. 눈에 피가 찬 것이 었는데 그래도 혹시 눈에 피가 차고 곪아 염증이 심해지면 죽을 수도 있을 거라는 생각에 어떠한 치료도 받지 않았다. 다행인지 몰라도 나는 죽지 않았고 왼쪽 눈은 실명되었다. 그렇게 2개월 정도 쉬는 날 없이 맞다 보니 그제야 아무도 나를 때리지 않았다. 그들은 더 이상 나를 신경 쓰지 않았고 나는 이 좆같은 교도소에 적응하기 시작했다.

나는 수많은 사람의 생명과 희망을 날려 보냈지만, 감옥에서 잘살고 있다. 내가 가장 죽이고 싶어 했던 개새끼들처럼 살고 있는 것이다. 이 때문에 나 자신이 얼마나 혐오스러웠는지 몇 년은 거울도 보지 못했다. 밖에서 수많은 사람이 나 때문에 죽어 간다. 자식을 잃고 부모를 떠나보냈을 거다. 무력하게 죽을 날만 기다릴 거다. 막대한 돈을 내며 억지로 생명을 연장하고 있다. 장애를 앓아 가며 나를 원망할 거다. 나는 죽어야 한다.

병종이가 면회를 왔다. 이제 사회는 이영환 이야기를 하지 않는다고 한다. 모두 이영환을 잊어버린 거다. 사람들은 바빴고 사회는 빠르게 돌아갔다. 과거에 사로잡혀 있을 여유는 없었다. 이영환은 가끔 술자리에서 예전에 그런 일이 있었지, 정도의 술 안줏거리나 인터넷 매체에서 음모론으로 사용되는 시시한 주제로 변했다고 한다. 그리고 병종이는 이영환 사건 피해자 중 한 명이자 이영환의 아버지, 이병석 씨의 부검 결과를 알려 줬다. 이영환은 이병석 씨가 사망하고 나서 실험을 진행했다고 한다. 사실 이병석 씨는 암 치료를 거부하고 자신의 집에 돌아가신 거였고, 이영환은 이미 사망한 자신의 아버지를 사건의 피해자로 둔갑시킨 것이었다. 하긴 이병석 씨의 시신은 피해자 중

유일하게 아무런 훼손도 없었다. 하지만 나의 관심을 끌 만한 이야기가 아니었다. 이미 모든 게 끝난 일이다.

나는 매일 자기 전에 다음 날 내가 죽어 있기를 기도했다. 종교는 딱히 없지만, 하늘에 기도하고 또 기도했다. 교도소에서 생활한 지 214일 되던 날 처음으로 용기를 얻어 자살 시도를 했지만 죽지 못했다. 그리고 534일 되던 날 다시 한 번 자살을 시도했다. 면도칼로 손목을 그었지만 살았다. 생각보다 대동맥은 손목 깊이 숨겨져 있었다. 그 후 나는 머리카락이 완전히 밀리고 독방 신세를 면치 못했다. 그래도 나는 매일같이 기도했다. 제발 나 좀 죽여 달라고…

결국 14년이 약간 넘은 시간이 흘렀다. 일수로는 5,213일, 시간으로는 125,113시간을 교도소에서 보냈다. 아직도 나는 잘 살아 있다. 그리고 방금 교도소에서 나와 집으로 가는 중이다. 어떻게 교도소를 나왔냐고? 형 집행 정지로 풀려났다. 형 집행 정지는 여러 가지 이유로 받을 수 있지만 지금 나에게 말기 폐암이 찾아왔고 인맥이라는 게 큰 도움을 줬다. 백 의원, 그 사람이 나를 살렸다.

14년이라는 긴 시간이 지났는데도 다른 신체 부위까지 전이된 말기 암은 아직까지 치료할 수 없다. 나는 드디어 죽는다. 근데 막상 진짜 죽는다니 무서웠다. 살고 싶다. 또 살고 싶어 하는 내가 혐오스러워 죽고 싶다. 어떻게 해야 하는 건지 모르겠다. 아니, 정말로 살고 싶다. 그동안 내가 사형으로 죽이거나 아직도 감옥에 썩고 있을 개새끼들이 생각난다. 그들은 죽어야 한다. 나도 그 개새끼들과 같은 놈이니까 죽어야 하는데…

막상 감옥 밖으로 나오니 아무런 기분이 들지 않았다. 자유를 다시 느끼면 조금은 기뻐질 줄 알았지만 아무 느낌이 없다. 그냥 감옥에서 나온 것이다. 사회는 나 없이 너무나 잘 돌아가고 있었다. 나를 알아보는 사람이 있을까, 라는 걱정했지만 괜한 걱정이었다. 알아보는 사람은커녕 아무도 눈길 하나 주지 않는다. 지금 나는 교도소에서 나온 쓰레기 같은 전과자일 뿐이다.

14년 만에 집으로 돌아왔다. 집은 새집같이 깨끗하다. 형이 어제 나의 부탁으로 청소 업체를 불러 집 안 전체를 깔끔하게 청소해 줬기 때문이다. 14년 만에 향기로운 집 냄새가 느껴온다. 나는 집에 도착하자마자 바로 욕실로 향해 몸을 씻고 나온다. 짧은 머리카락은 대충 수건으로 털면 다 마른다. 수건장 안에 있는 유통기한이 한참 지난 로션을 얼굴에 바르고 내 방으로 들어간다. 사무용 책상 앞에 있는 의자 위에 내가 검사 시절 입던 양복이 깔끔하게 세탁되어 올려져 있다. 형에게 집 청소와 함께 양복 세탁도 같이 부탁했다.

나는 방 안에 있는 전신 거울 앞에 서서 양복바지를 입고 하얀색 반팔 티를 입는다. 셔츠의 단추를 채운다. 재킷을 입고 재킷의 깃을 정리한다. 앞에 걸리면 살이 빠진다더니 그 시절 딱 맞던 양복이 아버지 거라도 뺏어서 입은 듯 헐렁하다. 더 큰 문제는 양복 하나 입는데도 숨이 찬다. 양복이 걸려 있었던 의자에 잠시 앉는다. 격한 기침이 나온다. 영혼이 기침과 함께 몸 밖으로 빠져나가는 것 같다. 그냥 가만히 있는 데도 힘들다. 정신을 차리고 다시 일어나서 책상 위에 있는 서랍장을 연다. 그곳에는 검사 배지가 들어 있다. 검사 배지 위에 쌓여 있는 먼지를 털어내고 양복 재킷의 오른쪽 가슴 주머니에 끼운다.

"00.1°, - 00.2°" 이영환이 죽기 전에 마지막으로 말한 말이다. 나는 그 말을 단 한 순간도 머릿속에서 잊은 적이 없다. 누군가 나의 뇌에 문신으로 박아 놓은 것처럼 말이다.

"00.1°, - 00.2°"을 듣자마자 나는 그 숫자가 무엇을 뜻하는지 알 수 있었다. 그것은 좌표이다. 하지만 어디를 가리키는 좌표일까? 그리고 왜 이영환은 죽기 직전에 그 좌표를 나에게 말했을까? 만약 내가 그곳에 갔더라면 나는 이영환을 죽이지 않았을까? 이 모든 질문이 감옥에 있던 14년 동안 나를 괴롭혔다. 그리고 드디어 지금 그 질문의 해답을 찾으러 갈 것이다.

나는 현관으로 가서 구두를 신는다. 힘들다. 숨 쉬는 것조차도 너무나 힘들다. 살고 싶다. 아니 죽고 싶다. 고개를 흔들어 머릿속에 있는 병신 같은 생각들을 모두 날려 버린다. 지금은 그게 중요한 게 아니다. 핸드폰으로 이영환이 말했던 좌표를 검색한다. 좌표는 대한민국 어딘가를 가리킨다.

구암에서 차를 몰고 6시간 정도 달린다. 그리고 깊고 깊은 어딘가에 있는 수풀 속에 차를 세운다. 이영환이 말한 좌표가 점 찍혀 있는 지도, 물이 가득 담긴 물병 여러 통과 에너지바 몇 상자 그리고 가벼운 원터치 텐트를 등산 가방에 담고 어깨에 멘다. 물을 꽤 많이 챙겨서 가방의 무게가 상당하다. 옛날 같았으면 가볍게 들고 뛰었을 무게의 가방이 내 어깨를 짓누른다. 아니, 부수고 있다는 표현이 정확할 것이다. 그렇게 나는 지도에 표시해 둔 점을 찾아가기 시작한다. 수풀을 지나고 평지를 걷는다. 숲을 지나 산을 오른다. 산에서는 세 발자국을 걸을 때마다 어딘가 앉아서 5분은 넘게 쉬어야 한다.

다리가 저리고 팔의 뼈가 시리다. 기침을 하며 가래를 뱉는다. 가래에는 검붉은색 피가 섞여 나온다. 하지만 다시 일어나서 길도 없는 산속을 계속 걸어간다. 가뜩이나 양복 차림에 구두까지 신어서 산행의 힘듦이 배가 된다. 해가 지기 시작한다. 그래도 걸음을 멈추지 않는다.

나는 잠시 누워 있다. 쉬고 있냐고? 아니, 산길에 미끄러져서 굴렀다. 하지만 일어날 힘이 없어 그냥 누워 있는 거다. 땅거미가 내려앉기 시작했으니 어쩔 수 없이 지금 누워 있는 이곳에서 하룻밤을 보내기로 한다.

가방에서 원터치 텐트를 꺼내 설치한다 말이 설치지, 그냥 던지는 게 끝이다. 그리고 텐트 안에 미치도록 무거운 가방을 던져 넣고 나도 안에 들어가 가방 옆에 눕는다. 뾰족한 돌부리가 내 등을 찌른다. 하지만 돌부리가 문제가 아니다. 진짜 문제는 추위다. 겨울이 아닌데도 해가 떨어지니 너무나 춥다. 손을 겨드랑이에 끼고 다리를 쭈그려 몸에 딱 붙인다. 그래도 몸이 벌벌 떨린다. 그렇게 4시간 정도 추위와 싸우니 고맙게도 이길 수 없는 졸음이 기절시키듯 잠을 재워 줬다.

참을 수 없는 추위가 잠에 든 나를 깨운다. 차갑게 식은 핸드폰 화면이 현재 시각을 알려 준다. 오전 5시 3분이다. 이제 막 동이 트기 시작했다. 우선 나는 몸을 일으켜 에너지바 3개를 물과 함께 빠르게 넘긴다. 온몸이 피곤하고 지친다. 포기하고 집에 돌아가고 싶지만 나는 죽더라도 그곳에 가야 한다. 가방을 텐트 밖으로 던지고 나도 밖으로 나간다. 그리고 텐트를 겨우 정리해 가방에 넣고 다시 고행길을 떠난다.

그 이후 8시간을 더 걸었다. 기절하기 일보 직전이지만 불굴의 정신력으로 버틴다. 그리고 산속에서 하룻밤을 더 보냈다. 추위에 벌벌 떨며 기절하듯 잠에 들고 다시 해가 떴다. 에너지바를 대충 입에 쑤셔 넣고 노을이 질 때까지 걷고 또 걷자 어떤 오두막에 도착했다. 오두막보다는 판잣집이 맞을 거다. 나무 판때기와 고물 등을 붙여 만든 허접한 집 말이다. 나는 그 집에 가까이 다가간다. 이런 곳에 집이 있을 리가 없다. 분명 이영환이 만든 집이다. 드디어 이영환이 말한 "00.1°, −00.2°"에 도착한 것이다.

판잣집에서 5M 정도 떨어진 곳에 나무 밑동이 있다. 나는 우선 그

밑동으로 가서 앉는다. 그리고 내 어깨를 부수는 이 좆 같은 가방을 옆에 내려놓는다. 구두를 벗고 양말도 같이 벗어 던진다. 발에는 물집이 뒤덮여 있다. 시원한 자연의 바람이 내 발을 감싼다. 발에 고통이 사라지고 기분도 좋아진다. 입고 있던 양복 재킷도 벗어 양말 옆에 던지고 가방에서 마시던 물병 하나를 꺼내 목을 축이며 이영환의 판잣집을 유심히 관찰한다. 판잣집에는 창문은 없다. 집 안으로 들어가는 문이 하나 있는데 잠겨 있지 않다.

나는 밑동에 앉아 20분 정도 숨을 고르고 아까 던진 재킷을 다시 집어 입으며 일어난다. 맨발로 풀과 흙의 감촉을 느껴 가면서 판잣집 문 앞으로 걸어간다. 고맙게도 산들바람이 불어와 나의 등을 밀어주며 산뜻한 기운을 채워 준다. 그리고 판잣집 앞에 도착해 손으로 문을 살짝 밀자 끼익 소리와 함께 문이 반쯤 열리다 멈춘다. 집 안에는 불빛이 하나도 없어 아무것도 보이지 않는다. 나는 재킷 속주머니에 있는 핸드폰을 꺼내 라이트를 켠다. 반쯤 열린 문을 힘껏 밀어 활짝 열고 판잣집 입구 앞에 바짝 붙어서 라이트로 집 안을 비춰 본다. 뿌옇게 휘날리는 먼지 속에 도서관 같은 수많은 책장이 있는 게 보인다. 책장의 칸마다 두꺼운 노트, 서류철, 종이가 빈 곳 없이 가득 채워져 있다. 나는 조심스럽게 집 안으로 들어간다. 그리고 문을 열면 바로 보이는 책장과 마주 선다. 책장은 여러 칸으로 나누어져 있고 가 칸 아래에 스티커가 한 장씩 붙어 있다. 나는 쪼그려 앉아 책장 가장 아래 줄의 가장 오른쪽 칸 아래 붙어 있는 스티커를 라이트로 비춘다.

『Degenerative encephalopathy recovery(퇴행성 뇌질환 복구)』

옆 칸에 있는 스티커를 라이트로 비춘다.

『Brainstem control (뇌수하체 통제)』

다음 칸 스티커를 비춘다.

『Genetic chromosome disease recovery Create(유전 염색체 질환 복구 생성)』

또 다음 칸

『Acute cancer culture / metastasis(급성 암 배양 / 전의)』

나는 그 책장에 붙어 있는 모든 스티커를 읽어 본다. 모두 이해할 수 없는 영어단어뿐이다. 그리고 책장에 끼워져 있는 파일 하나를 꺼내어 펼친다. 파일에 이영환이 한 남성을 수술하는 사진이 걸려 있다. 나는 그 남성이 누군지 안다. 223명의 피해자 중 한 명이다. 걸려 있는 사진 밑에는 이상한 영어단어로 만들어진 문장이 적혀 있는데 전혀 이해할 수 없다. 하지만 이 파일에 이영환의 의학 기술이 적혀 있다는 것은 확신할 수 있다.

나는 자리에서 일어나 핸드폰 라이트를 들고 방 전체를 둘러본다. 판잣집 안은 책장으로 가득 차 있고 책장에는 파일과 공책이 꽉꽉 담겨 있다. 모든 게 이영환의 의학 기술이다. 무언가 신비한 기운이 나를 안아 준다. 이곳이 유일하게 이영환의 모든 의학 기술이 남아 있는 곳이다. 나는 다음 책장으로 한걸음 옮겨 책장에 붙어 있는 모든 스티커 읽어 본다. 그리고 다음 책장 그리고 다음 책장을 본다.

『Cancer therapy Principle integration(암 치료 통합 원리)』

찾았다. 이영환의 완벽한 암 치료 기술이 들어 있는 칸이다. 다른 칸과 마찬가지로 서류철과 공책이 한가득 꽂혀 있다. 나는 순간적으로 암 치료 기술이 적혀 있는 서류철과 종이를 빼 들려고 손을 뻗는다. 하지만 뻗었던 손을 멈추고 고민한다. 나는 이영환의 의학 기술이 나중에 나를 살릴 것을 알고도 그를 죽였다. 그의 의학 기술로 암을 치료받을 명목이 없다. 하지만 살고 싶다.

우선 내 머릿속에서 싸우고 있는 두 가지의 생각을 정리하기 위해 판잣집 밖으로 발길을 돌린다. 활짝 열려 있는 문에 도착해 밖으로 나가기 직전 주변시에 들어온 한 단어가 내 발목을 잡는다.

『Raise Dead(소생)』

'소생'이라는 단어가 내 눈에 들어오고 머릿속에서 이해가 되는 순간 모든 사고가 멈춘다. 머릿속에서 싸우고 있던 병신 같은 생각들이 모두 연기처럼 사라진다. 나는 무의식적으로 소생 칸에 꽂혀 있는 서류철 몇 개를 꺼내어 들고 판잣집 밖으로 나온다. 그리고 아까 앉아 있었던 나무 밑동에 앉아 소생 서류철 하나를 들고 펼친다.

『Raise Dead(소생)』

조건: 수술 대상자는 사후 3시간이 넘지 않아야 한다. 생명 유지 주요 장기에 심각한 손상이 없어야 한다. 수술 대상자는 극심한 노화가 진행되지 않아야 한다.

성별: 조건 없음

.

.

.

서류철 안에서 이영환은 한 여성을 수술하고 있다. 나는 서류철에 걸려 있는 종이를 한 장 한 장 빠르게 넘기며 대충 사진만 본다. 그리고 마지막 장에 걸려 있는 사진까지 모두 본 후에 서류철을 덮는다. 사진 속에 있는 여성은 223명의 피해자 중 본 적이 없는 얼굴이다. 뭐… 상관없다.

나는 다 읽은 파일철을 바닥에 던진다. 같이 들고 온 또 다른 파일철은 읽어 보지 않는다. 소생에 관해서 아무것도 이해하지 못했지만, 이 기술이 세상에 알려지면 안 된다는 것은 알 수 있다.

나는 어느새 황혼으로 변한 하늘을 본다. 이곳은 대한민국 전체를 샅샅이 뒤져도 찾을 수 없는 곳이다. 아니, 아예 찾지 못하는 곳일 수도 있다. 이영환이 어떻게 이곳에 판잣집을 만들고 수많은 의학 기술을 모아 뒀는지 모른다. 하지만 이영환이라면 가능할 거라는 생각이 든다.

나는 양복 재킷 안주머니에서 담배 한 갑을 꺼내 든다. 포장 비닐도 뜯지 않은 완전한 새 담배다. 감싸고 있는 비닐을 뜯어 담뱃갑을 열고 담배 한 개비를 입에 문다. 담배에 불을 붙이고 14년 만에 피우는 담배를 깊게 마신다. 폐 안으로 들어간 연기가 몸 전체에 확 퍼지는 느낌이 든다. 그리고 격렬한 기침과 함께 피를 토한다. 누군가 내 폐 속에 쇳물이라도 들이부은 듯한 강렬한 고통이 느껴진다. 눈의 초점이 무너지고 몸이 나무 밑동에서 흘러내린다. 손가락에 끼워져 있던 담배가 땅에 떨어지고 나는 가슴을 부여잡은 채 고통 속에서 몸을 비튼다.

나는 이영환을 죽였다. 그 때문에 살 수 있었던 사람들이 죽었고 아프지 않아도 될 사람들이 아프고 있다. 그리고 그들은 차별과 고통 속에서 살아가며 나를 원망하고 있을 것이다. 그러니 나는 죽어야 한다.

일어나서 열 발자국만 걸어간다면 나의 암을 치료할 수 있는 치료법이 있다. 심지어 죽은 사람을 되살리는 의학 기술이 내 얼굴 옆에 놓여 있다. 나도 내가 나중에 아플 것을 알고 있었다. 그리고 그 아픔을 이영환이 치료할 수 있다는 것도 너무나 잘 알고 있었지만, 이영환을 죽였다.

"하… 이영환 씨…, 완전 씨발이네요?"

나는 말끝에 이영환처럼 피식 웃는다. 땅바닥에 떨어져 타들어 가는 담배를 주워 입에 문다.

역시 이영환은…